Die Chronologie des Propheten

Muhammad als Arbeitsbuch.
Friede und Segen auf ihn

Andrea Mohamed Hamroune

Auflage 3/ November 2018

Assira-Verlag Offenbach

Coverbild: 123rf, alegro7

Kalligrafie: 123rf, Zeynur Babayev

Covergestaltung: Andrea Mohamed Hamroune

Lektorat: Aliaa Zain El-Abedeen; Bachaloriat der Sprachwissenschaft (Al-Alsun)/Ain-Shams-Universität; M.A. der Philosophischen Fakultät/Helwan-Universität; Kairo. Sprachdiplom von Goethe-Institut und Ludwig-Maximilian-Universität, München.

Herstellung und Verlag:

Bod- Books on Demand, Norderstedt

ISBN: 978-3-7412-7728-3

Inhaltsverzeichnis

Vorwort	7
Die Entstehung des Zamzam-Brunnen und der Bau der Kaaba	8
Vor der Hidschra*	
Die Mekkanische Zeit	11
Nach der Hidschra*	
Die Medinensische Zeit	50
Nachwort	90
Die Chronologie v.H.	93
Die Chronologie n.H.	99
Quellennachweis	104

*Die Hidschra (Auswanderung) ist der Beginn der islamischen Zeitrechnung. Man berechnet sie nach dem Mondkalender. Das Jahr 622 n.Chr. ist das Jahr eins.

Eine weitere Zeiteinteilung ist die mekkanische Zeit (v.H.), in der die erste Verbreitung des Glaubens an den einzigen Gott statt fand. Die Muslime wurden unterdrückt und konnten nur eingeschränkt ihre Religion ausleben.

In der medinensischen Zeitperiode (n.H.) gewannen die Muslime an politischem Einfluss und konnten ihren Glauben, zumindestens erstmal rund um Medina, frei ausüben.

Es wurde ihnen erlaubt, diejenigen zu bekämpfen, die sich ihnen in den Weg stellten und sie angriffen.

Vorwort

Wenn man eine Geschichte liest und sich dabei Stichpunkte aufschreibt, wird man nicht nur ein Teil der Geschichte, sondern man kann sich die Ereignisse auch besser merken.
Dieses kleine Heft wird Euer persönliches Nachschlagewerk, in das ihr immer wieder gucken könnt.
Vielleicht schafft Ihr es sogar mal eine eigene Sira zu schreiben.

Ich wünsche Euch eine spannende Zeit mit der Lebensgeschichte unseres Propheten Muhammad, Friede und Segen auf ihn. Möge diese Geschichte uns erfolgreich machen, sowohl im Diesseits als auch im Jenseits.
Amin.

Andrea Mohamed Hamroune

Die Entstehung des Zamzam-Brunnen und der Bau der Kaaba

Vor langer Zeit, noch vor dem Leben des Propheten Moses (arab. Musa) und Jesus (arab. Isa), lebte der Prophet Abraham (arab. Ibrahim).

Abraham war ein Prophet, der sich dem Götzendienst verweigerte und sich durch Gehorsam und Standhaftigkeit gegen-über den Geboten und Verboten einem einzigen Gott unterwarf. Diese Unterwerfung nennt man Islam. Dieser Begriff wurde später durch den Propheten Muhammad, Friede und Segen auf ihn, zum Namen einer Religion. Menschen, die sich Gott unterwerfen, nennt man Muslime

Abrahams Vater Azar war ein Götzendiener. Stets erklärte Abraham die Wahrhaftigkeit des einzigen Gottes und wurde deswegen verhöhnt. So trug es sich zu, dass er in einem Haus voller Götzen alle zerstörte, außer den Größten. Als er darauf beharrte, der Größte von ihnen hätte alle kleineren zerstört, wurden die Götzendiener wütend und wollten Abraham ins Feuer werfen. Gott rettete ihn jedoch, in dem er das Feuer für ihn kalt machte, so dass er überlebte.

Sein Vater starb später bei einem Brand, als er die Götzen aus dem Feuer retten wollte.

Abrahams erste Frau hieß Sara. Da Sara aber keine Kinder bekam, so nahm Abraham sich eine Zweitfrau. Sie hieß Hagar und war eine Sklavin. Hagar gebar Ismael.

Als Sara anfing, eifersüchtig zu werden, brachte Abraham Hagar und Ismael in die Wüste, in das Tal von Mekka, und auf Befehl Gottes ließ er beide dort zurück. Er versprach ihnen dort Versorgung durch Gott.

Nach einiger Zeit gingen Vorräte und Wasser zur Neige, sodass Hagar nervös zwischen den Hügeln Safa und Marwa umherlief. Als sie nach dem siebten Mal zurück zu Ismael kam, sah sie ihn eine Quelle freigeschürft haben. Sie rief: „Zummi, zummi!", was so viel wie „zusammenferchen" heißt und schöpfte das Wasser in einen Krug.

Da es nun durch den Zamzam-Brunnen Wasser gab, kamen auch Vögel und der Stamm Gurhum wurden dadurch aufmerksam. Nach einiger Zeit ließen sie sich um Hagers Lager nieder. Karawanen kamen, um ihre Tiere zu tränken und Handel zu treiben, sodass Hagar in guter Versorgung lebte.

Obwohl Sara schon zu alt war, gebar sie Abraham den Sohn Isaak. In diesem Stamm folgten Moses und Jesus.

Nachdem Hagar gestorben war und Ismael bereits ein Mann war, bekam Abraham von Gott den Befehl, mit seinem Sohn die Kaaba zu bauen. Die Kaaba ist würfelförmiger Bau, der allen gottergebenen Menschen (Muslimen) als Gotteshaus und Gebetsrichtung (arab. Qibla) dienen sollte.

Ismael und Abraham stehen in der gleichen Ahnenreihe wie Muhammad, Friede und Segen auf ihn.

Leider wurde die Kaaba nach Ismaels Tod als Lagerstätte für Götzen benutzt, sodass auch der Zamzam-Brunnen langsam versiegte. Als Mudad Ibn Amr, der letzte Herrscher der Gurhum erkannte, dass er durch die Khuzaa abgelöst wurde, verließ er Mekka und schüttete den Zamzam-Brunnen samt der gestifteten Geschenke für die Kaaba, zu.

Die Kaaba war fortan eine Lagerstätte vieler Götzen.

Vor der Hidschra
(Die mekkanische Zeit)

Es war im Jahr 570 n.Chr., als der Statthalter Abraha des Königs von Abessinien im Jemen in der Stadt Sanaa beschloss, eine Kathedrale zu bauen. Zu dieser Zeit unterlag Jemen dem Herrschaftsgebiet Abessiniens, dem heutigen Äthiopien, und war ein christliches Land. Er nannte seine Kathedrale Qulays.

Abraha erhoffte sich durch einen Prachtbau, die Pilger, die nach Mekka zogen, um die Kaaba zu besuchen, abzuwerben.

Als die Pilgerzeit begann und er sah, dass die Pilger trotz aller Schönheit seines Baus den Einzug nach Mekka bevorzugten, wurde er sehr wütend. Er machte sich mit einem sechzigtausend Mann starken Heer und zweiundzwanzig Elefanten auf, in der Absicht die Kaaba zu zerstören.

Nufal Ibn Habib, ein Gefangener Abrahas, den er als Heeresführer einsetzte, ging zu Mahmud, dem Elefanten und flüsterte ihm zu: „Knie nieder, o Mahmud, oder gehe dorthin zurück, wo Du hergekommen bist, denn Du bist in Allahs heiligem Land."

Unterwegs zerstörte Abraha rücksichtslos alles, was ihm in den Weg kam und stahl viele Tiere. Unter anderem auch zweihundert Kamele von Abdul Muttalib.

Als Abdul Muttalib dies merkte, ging er mit einem seiner Söhne zu Abraha, um die Herausgabe seiner Tiere einzufordern.

Abraha wunderte sich sehr, da er dachte, er würde ihn auch von dem Angriff auf die Kaaba abhalten wollen.

Abdul Muttalib erklärte nur: „Die Kaaba hat ihren eigenen Beschützer!"

Abraha gab ihm die Kamele heraus.

Als es nun losgehen sollte und das Heer sich zum Angriff vorbereitete, verweigerte der Elefant Mahmud den Gehorsam. Er kniete in Richtung Jemen und war auch durch heftige Schläge nicht dazu zu bringen, aufzustehen.

Er lief immer wieder in die entgegengesetzte Richtung, weg von Mekka.

Genau in diesem Moment kam ein riesiger Vogelschwarm auf die Männer zu und bewarf sie heftig mit Lehmklumpen. Einige Männer starben sofort, andere bei dem Versuch, Jemen wieder zu erreichen. Nur wenige Männer überlebten dieses Ereignis, um davon erzählen zu können.

Abraha starb unter entsetzlichen Schmerzen in seiner Burg in Jemen.

Zu diesem Ereignis sandte Gott die Sure " Der Elefant " herab.

„Siehst Du nicht, wie Allah mit den Leuten des Elefanten verfuhr, ließ er ihre List nicht verloren gehen und sandte gegen sie Vögel in aufeinander folgenden Schwärmen, die sie mit Steinen aus gebrannten Lehm bewerfen und sie so wie abgefressene Halme macht."

(Quran 105:1-5)

Da man zu dieser Zeit bestimmte Ereignisse nicht mit einer Jahreszahl verknüpfte, ging dieses Geschehnis zusammen mit der Geburt des Propheten als das „Jahr des Elefanten" in die Geschichte ein.

Zur gleichen Zeit trug es sich in Mekka zu, dass Amina ihren Sohn gebar. Es war eine leichte Geburt unter erträglichen Schmerzen.
Abdullah, der Ehemann Amina, starb bereits vor diesem Ereignis auf dem Rückweg von einer Handelsreise in Yathrib an einer Krankheit.
Abdul Muttalib freute sich sehr, seinen Enkel in die Arme zu schließen, und gab ihm den Namen Muhammad, der Gepriesene.

In Yathrib rief ein Jude die Geburt des neuen Propheten aus. Er erkannte dies am Erscheinen eines Sterns, der durch die Tora zu diesem Ereignis vorausgesagt wurde.

Mekka wurde damals durch die hohe Anzahl von Besuchern der Stadt, teils zum Handel, teils zum Besuch der Kaaba, sehr oft von ansteckenden, tödlichen Krankheiten heimgesucht. Um Muhammad, Friede und Segen auf ihn, davor zu schützen, wollte Amina ihn zu einer Amme in Biduinenstämme in die Wüste schicken. Nicht zuletzt auch, damit er die arabische Hochsprache lernte und naturnah aufwuchs. Natürlich war es auch wichtig, um den Wohlstand der Familie sichtbar zu machen. Denn Eltern, die in ihrem Vermögen benachteiligt waren, mussten die Kinder in der Stadt lassen.

Es dauerte einige Zeit bis Amina die Amme Halima fand.
Halima „Saʿdiya" (die Sanftmütige und Glückliche) hatte bereits einen kleinen Jungen, der sich Abdullah nannte.

Durch den Einzug des kleinen Muhammads, Friede und Segen auf ihn, veränderte sich das Leben sehr. Halima hatte wieder genug Milch, so dass sie auch Abdullah satt bekam. Die Kamelstuten ließen sich gut melken und ihre kranke, schwache Eselin erholte sich auf wundersame Weise und konnte wieder schwere Lasten tragen. Selbst die Ziegen waren wieder wohlgenährt und trugen volle Euter.
Abdullah spielte gerne mit Muhammad, Friede und Segen auf ihn.

Beide hatten viel zu tun gemeinsam.

Halima stillte Muhammad, Friede und Segen auf ihn, mit zwei Jahren ab und wollte ihn zurück nach Mekka bringen. Amina wollte Muhammad, Friede und Segen auf ihn, jedoch noch länger bei Halima lassen, da es in Mekka zu viele Krankheiten gab und sie sah, dass die Wüste ihm gut tat.

Als zwei weiß gekleidete Männer kamen, und Muhammad, Friede und Segen auf ihn, auf den Boden legten, um ihm die Brust zu durchsuchen, bekam Abdullah große Angst. Sie nahmen ihm sein Herz heraus und teilten es in zwei Teile, dann entnahmen sie ihm einen Blutklumpen. Daraufhin wuschen sie sein Herz und seinen Körper mit Schnee, bis sie es gereinigt hatten.

Schnell lief Abdullah zu seiner Mutter Halima, um ihr davon zu erzählen.

So brachte Halima Muhammad, Friede und Segen auf ihn, im Alter von fünf Jahren zurück zu seiner Mutter.

Amina freute sich sehr ihren Jungen wieder zu haben.

„Groß ist er geworden", sagte sie.

Ein Jahr verging, in dem er eine schöne Zeit in der Familie verbrachte. Als Muhammad, Friede und Segen auf ihn, sechs Jahre alt war, beschloss Amina, mit ihrer Sklavin Baraka nach Yathrib zu reisen, um ihre Familie und das Grab ihres verstorbenen Mannes

Abdullah zu besuchen.

Sie blieb einen Monat da, bis sie sich auf die Rückreise machte. In der Mitte des Weges erkrankte sie jedoch und starb in Abwa'.

Baraka brachte Muhammad, Friede und Segen auf ihn, alleine zurück.

Die ganze Familie war sehr traurig.

Muhammad, Friede und Segen auf ihn, wurde nun von seinem Großvater Abdul Muttalib aufgezogen. Er war damals schon weit über achtzig Jahre alt und gehörte zum ältesten Rat der Stadt.

Lange bevor Muhammad, Friede und Segen auf ihn, geboren wurde, fand Abdul Muttalib den Zamzam-Brunnen wieder, mit dem die Pilger verköstigt wurden. Er wurde damals zugeschüttet, als der Götzendienst Oberhand in Mekka nahm.

Einer der Söhne Abdul Muttalibs, Al Harith, musste das Wasser von außerhalb Mekka holen. Abdul Muttalib tat dies leid und er wünschte sich den alten Brunnen für seine Söhne zurück.

In den darauffolgenden Nächten erschien ihm jeweils ein Engel und forderte ihn auf, nach Taiba (Süße Reinheit) zu graben. Er kam wieder und forderte ihn auf, nach Barra (Reicher Überfluss) zu graben, beim letzten Mal sollte er nach Madnuna (Verborgener Schatz) graben. Als er dann nach Zamzam graben sollte, da beschrieb ihm der Engel auch den Ort, an dem er graben sollte.

So ging er nun ans Werk und fand zuerst die Opfergaben aus Gold. Die Quraisch bedrohten ihn. Unbeirrt grub Abdul Muttalib weiter. Er schwor bei Gott, einen zehnten Sohn zu opfern, als denn dieser die Vollreife erreichen würde, sodass er auch in Zeiten der Bedrängnis durch seine Söhne geschützt sein konnte. Aus den gefundenen Gegenständen schmolz er den Schmuck für die Kaaba-Tür.

Abdul Muttalib bekam einen zehnten Sohn und nannte ihn Abdullah. Er erinnerte sich daran, das Versprechen gegenüber Gott erfüllen zu müssen. Er loste zuerst den Sohn aus, den er opfern sollte und loste ihn dann weiter unter Kamelen aus. Erst als er dreimal probierte, war er sich sicher, die Kamele opfern zu können. Einhundert Kamele gab er damals für Abdullah her.
Als Abdul Muttalib merkte, dass bald seine Zeit zum Sterben gekommen war, übertrug er die Obhut Muhammads, Friede und Segen auf ihn, auf seinen Sohn Abu Talib.
Muhammad, Friede und Segen auf ihn, war damals acht Jahre alt.

In früher Kindheit verdiente Muhammad, Friede und Segen auf ihn, sein Geld erstmals mit Ziegen- und Schafehüten rund um die Berge Mekka. Abu Talib unterstützte ihn und unterwies ihm im Handel. So kam es dann, dass Abu Talib Muhammad, Friede und

Segen auf ihn, mit zwölf Jahren auf eine Handelsreise nach Syrien mitnahm.

In Busra hielten sie an einer Mönchsklausel, um dort zu rasten. Der christliche Mönch Bahira lud sie dort zum Essen ein. Muhammad, Friede und Segen auf ihn, pausierte derweil unter einem Baum.

Seit langer Zeit wartete der Mönch auf das Eintreffen eines neuen Propheten. So fragte er Abu Talib über verschiedene Angelegenheit in seinem Leben aus. Er erkannte Übereinstimmungen mit Überlieferungen.

Wenig später stellte man fest, dass Muhammad, Friede und Segen auf ihn, fehlte und bat ihn, mit in die Gruppe zu kommen. Der Mönch Bahira bat Muhammad, Friede und Segen auf ihn, ihm seinen Rücken zu zeigen und erkannte so, durch ein ovales, leicht behaartes Muttermal Muhammad, Friede und Segen auf ihn, als Propheten.

Das Muttermal wurde als das "Siegel des Propheten" bezeichnet.

Der Mönch Bahira bat Abu Talib, gut auf den Jungen aufzupassen und ihn vor den Juden zu schützen, denn eine große Aufgabe sollte noch auf ihn warten.

Als Muhammad, Friede und Segen auf ihn, fünfundzwanzig Jahre alt war, war er bereits ein erfahrener Karawanenführer und

Kaufmann. Viele Menschen vertrauten ihm ihre Sachen an. Muhammad, Friede und Segen auf ihn, war immer ehrlich und freundlich.
Deswegen wurde er "Der Vertrauenswürdige" (arab. Al Amin) genannt.

Zu dieser Zeit bot Chadidscha Muhammad, Friede und Segen auf ihn, an, für sie Waren mit einer Karawane nach As-Sham (Syrien) zu bringen. Sie bot ihm mehr Geld als die anderen und versprach ihm zusätzlich als Hilfe noch den Sklaven Maisara mitzugeben. Muhammad, Friede und Segen auf ihn, willigte ein.

Als sie in Busra Rast machten, ruhte Muhammad, Friede und Segen auf ihn, sich unter einem Baum nahe eines Klosters aus. Der Mönch Nestor erklärte Maisara, dass an diesem Baum bisher nur Propheten rasteten. Er sah zwei Engel, die ihm Schatten spendeten. Nachdem Muhammad, Friede und Segen auf ihn, alle Waren verkauft hatte und neue Waren zum Verkauf in Mekka einkaufte, reiste er zurück nach Mekka. Maisara berichtete Chadidscha von dem Gespräch mit dem Mönch Nestor und erzählte von der freundlichen und fürsorglichen Behandlung Muhammads, Friede und Segen auf ihn, ihm gegenüber. „Muhammad, Friede und Segen auf ihn, und ich waren wie Gefährten", erklärte Maisara.

Chadidscha ging sogleich zu ihrem Cousin Waraka Ibn Nawfal, um ihm davon zu berichten. Waraka war schon sehr alt und blind, kannte die alten Schriften und las früher auch Hebräisch.

Er war ein Christ und wurde in Mekka sehr wegen seiner Weisheit geschätzt. Als Chadidscha ihm davon erzählte, erklärte er sofort, dass Muhammad, Friede und Segen auf ihn, ein Prophet sein wird.

Chadidscha schickte eine vertrauenswürdige Freundin von ihr, um Muhammad, Friede und Segen auf ihn, das Ehegesuch vorzubringen. Muhammad, Friede und Segen auf ihn, stimmte gerne zu.

Er besprach sich mit der Familie und bat seinen Onkel, Hamza Ibn Abdul Muttalib, zu Chadidscha zu gehen, um ihr den eigentlichen Heiratsantrag zu machen. Hamza war zwei Jahre älter als Muhammad, Friede und Segen auf ihn. Als Brautgabe (arab. Mahr) erhielt Chadidscha zwanzig Kamele.

Chadidscha war zu diesem Zeitpunkt schon vierzig Jahre alt und zweimal verheiratet gewesen.

Das war für die Ehe aber einerlei. Chadidscha war für Muhammad, Friede und Segen auf ihn, eine Freundin, eine Beraterin, Stütze und Geliebte. Sechs Kinder gingen aus der Ehe hervor.

Sie hießen Al Qasim, Zaynab, Ruqaya, Umm Kulthum, Fatima und Abdullah.

Die beiden Jungen starben, als sie noch klein waren.

Muhammad, Friede und Segen auf ihn, schenkte Baraka die Freiheit und nahm den ehemaligen Sklaven, Zaid Ibn Haritha, mit in die Familie auf. Weil Abu Talib zu arm war, zog er dazu noch seinen Sohn Ali Ibn Abi Talib groß.

Zehn Jahre später wurde durch eine Überschwemmung die Kaaba beschädigt. Das Mauerwerk wurde brüchig und baufällig.
Lange Zeit saß einer Schlange an der Kaaba. Es war fast so, als würde die Schlange die Kaaba bewachen.
Als dann ein Greifvogel kam und die Schlange wegschnappte, bekamen die Männer endlich den Mut, sich den Schaden genauer anzusehen. Dabei stellten sie fest, dass es notwendig war, die komplette Kaaba neu aufzubauen.
So gingen sie ans Werk.

Als sie dann an die Grundmauern abtragen wollten, bebte ganz Mekka. Sie waren sehr erschrocken, und daher ließen sie davon ab. So bauten sie ab der Grundmauer die Kaaba Stein für Stein wieder auf.
Zuletzt ging es nur noch um das Einsetzen des Schwarzen Steines.
Der Schwarze Stein diente dazu, die Anzahl der Umrundungen (arab. Tawaf) festzumachen. Ganz früher war der Stein weiß, aber durch die Sünden der Menschen wurde er schwarz.

Schnell entbrannte ein heftiger Streit darum. Bis schließlich ein sehr alter und weiser Mann namens Abu Umayya den Vorschlag machte, die Aufgabe dem zu übertragen, der als erstes durch das Tor kam.

Es war Muhammad, Friede und Segen auf ihn. Muhammad, Friede und Segen auf ihn, nahm das Problem der Männer entgegen, breitete ein Tuch aus und legte den Stein darauf. Gemeinsam trugen sie ihn an die Stelle, an die Muhammad, Friede und Segen auf ihn, den Stein einsetzte.

So war der Streit unter Beteiligung aller in großer Zufriedenheit beendet.

Zaynab heiratete Abul-As Ibn Al Rabea, den Sohn von Chadidschas Schwester. Ruqaya wurde mit Utba verlobt. Die Quraisch boten Utba später eine andere Frau an. Da er aber selbst Muslim geworden war, schwor er Ruqaya niemals zu verlassen. Utba wurde dafür sehr von Muhammad, Friede und Segen auf ihn, gelobt. Später, als Muhammad, Friede und Segen auf ihn, anfing, öffentlich zu predigen, ordnete Abu Lahab, der Onkel Muhammads, Friede und Segen auf ihn, und Vater Utbas, die Scheidung an. Daraufhin heiratete Ruqaya Uthman Ibn Affan. Umm Kulthum verlobte sich mit Utayba, dem Bruder von Utba. Die Ehe wurde aber für ungültig erklärt, da sich Utayba nicht vom Götzendienst losreißen konnte.

Als Muhammad, Friede und Segen auf ihn, 40 Jahre alt war, zog er sich häufig in die Berge zurück. Auf den Berg des Lichts (arab. Dschabal an Nur) in die Höhle Hira (arab. Ghar Hira).

Er kam dort zur Ruhe, dachte viel nach und ging dort in sich. Manchmal hatte er Träume, die sich später bewahrheiteten.

Eines Tages jedoch erschien ihm eine Gestalt und forderte ihn eindringlich auf, zu lesen. Er bekam große Angst.

Als er zu Chadidscha zurückkam, sagte er: „Hülle mich ein, hülle mich ein!", und berichtete ihr von dem Geschehnis und von den Worten, die die Gestalt für ihn aussprach:

„Lies im Namen deines Herrn, der erschuf. Erschuf den Menschen aus einem Anhängsel. Lies, denn der Herr ist Allgütig. Der mit dem Schreibrohr lehrt, lehrt den Menschen, was er nicht wusste."

(Quran 96:1-5)

Sie hüllte ihn ein, bis die Furcht von ihm abließ. Beruhigend sprach sie zu Muhammad, Friede und Segen auf ihn: „Niemals wirst Du bei Allah eine Schande erleben; denn Du bist wahrlich derjenige, der die Verwandtschaftsbande pflegt, dem Schwachen hilft, den Mittellosen gibt, den Gast freundlich aufnimmt und den Notleidenden unter die Arme greift."

Chadidscha war sehr erstaunt und bat den blinden Cousin Waraka um einen Rat zu diesem Ereignis. So stellte man diese Begebenheit mit der Begegnung zu dem Engel Gabriel (arab. Namus) in Verbindung.

Waraka ging nun selber zu Muhammad, Friede und Segen auf ihn, um sich die Geschichte persönlich anzuhören.

Er erklärte Muhammad, Friede und Segen auf ihn, dass er es schade fand, auf Grund seines hohen Alters nicht dabei sein zu dürfen, wenn Muhammad, Friede und Segen auf ihn, vertrieben werden würde. Waraka erklärte, dass kein Prophet je in Ruhe gelassen wurde, wenn er die Botschaft Allahs verbreitete.

Muhammad, Friede und Segen auf ihn, war sehr erstaunt über diese Worte. Denn er konnte sich niemals vorstellen, Mekka zu verlassen.

Er war in Mekka geboren, war in Mekka aufgewachsen, hatte in Mekka geheiratet und seine Söhne begraben.

Chadidscha war die erste Person, die den Islam annahm. Später folgten Ali, Zaid und Abu Bakr. Abu Bakr, Abdallah Ibn Abi Quhafa, war Muhammads, Friede und Segen auf ihn, bester Freund und Begleiter. Man nannte ihn auch "Der Wahrheits-liebende" (arab. As Siddiq). Er kannte den Propheten am besten.

Abu Bakr war ein wohlhabender Kaufmann und angesehener Mann, sehr weise mit angenehmer Ausstrahlung.

Kurz darauf wurde Muhammad, Friede und Segen auf ihn, das Gebet auferlegt. Der Engel Gabriel besuchte ihn und zeigte ihm, wie man sich für das Gebet wäscht und wie man betet. Er gab sein Wissen an Chadidscha weiter.

Chadidscha nannte man auch " Die Reine" (arab. At Tahira) und ihre Töchter wurden "Töchter der Reinen" (arab. Banat At Tahira) genannt.

Etwas weiter entfernt war gerade Uthman Ibn Affan von Syrien nach Mekka unterwegs. Er rastete unter einem Baum, als eine Stimme ihm zu rief: „In Mekka ist Ahmad erschienen!" Er wunderte sich, konnte aber weit und breit niemanden entdecken.

Als er weiter zog, begegnete ihm ein alter Freund, Talha Ibn Ubaidullah, und erzählte ihm von den Mönch Bahira. Bahira hatte ihm erzählt, dass Muhammad, Friede und Segen auf ihn, der Gepriesene erschienen war. Sein Onkel war Abu Talib und er war von Gott zu einem Botschafter gemacht worden.

Uthman dachte sich sofort, dass es sich um Muhammad, Friede und Segen auf ihn, handeln musste. Als er Muhammad, Friede und Segen auf ihn, später persönlich sah, nahm er sogleich den Islam an.

Muhammad, Friede und Segen auf ihn, war ein Prophet, der die Menschen zum Eingott-glauben aufrief. Zunächst gab er die

Botschaft an seine Familie weiter und dann an seine Freunde. Seine Anhängerschaft wuchs. Alles musste im Verborgenen passieren, denn ganz Mekka bestand aus Götzendienern.

Jeder Götzendiener glaubte an sein Bild und an seine Statuen, machte seine eigenen Gesetze. Es gab untereinander Missbilligungen, Neid und Wucher. Frauen wurden schlecht behandelt; Mädchen wurden als Baby mit lebendigem Leib begraben. Hinzu kam Sklaverei und Fremdenhass.

Der Prophet stand alledem sehr entgegen, sodass die Quraisch das als eine Bedrohung ihres Erwerbshalts und ihrer Lebensführung verstanden.

<u>Nach drei Jahren</u> erhielt Muhammad, Friede und Segen auf ihn, von Gott die Aufforderung den Islam öffentlich zu predigen.

Zunächst erklärte er die Gleichheit aller Menschen im Angesicht Gottes. Dadurch wurde der Sklave gleich dem König.

Jeder Mensch, egal welchen Standes, unterlag der gleichen Gerichtsbarkeit, durfte gleiche Rechte vertreten und hatte gleichberechtigt seine Familie in Lohn zu versorgen.

Er gab Frauen und Männern das Recht im freien Willen zu heiraten und erklärte Zwangsheiraten für ungültig. Frauen erhielten ein Erb- und Eigentumsrecht.

Die wichtigste Botschaft Muhammads, Friede und Segen auf ihn, war immer der Glaube an den einzigen Gott. Dies missfiel den Quraisch sehr, sodass sie den Propheten verleumdeten und ihn der Lüge bezichtigten. Die Botschaft des Qurans war jedoch so eindeutig und wohlklingend, dass es ihnen nicht gelang.
Ganz im Gegenteil: Seine Anhängerschaft wurde immer größer.

Abu Lahab (Vater des Feuers) war einer der heftigsten Gegner Muhammads, Friede und Segen auf ihn. Er trug diesen Namen, da er ein aufbrausender Mensch war, der schnell rote Backen bekam, wenn er in Rage geriet. Sein richtiger Name war Abdul Uzzab Ibn Abdul Muttalib. An einem Tag, an dem der Prophet seine Familie, seine Anhänger und fast die ganzen Bewohner von Mekka zusammenrief, um sie aufzufordern, den Islam anzunehmen, geriet Abu Lahab in Rage und erklärte: „Vernichtung über Dich den ganzen Tag. Hast Du uns deswegen gerufen?!"
Dies machte Muhammad, Friede und Segen auf ihn, sehr traurig. Daraufhin wurde eine Offenbarung über Abu Lahab herabgesandt:
„*Vernichtet sind die beiden Hände Abu Lahabs, und vernichtet ist er. Nichts nützt ihm sein Vermögen und was er erwarb. Er wird in eine Feuer mit Flammen hineingeworfen sowie seine Ehefrau, die Trägerin des Holzes, um ihren Hals ist eine Seil aus Palmenbast.*"

(Quran 111:1-5)

So gingen die Quraisch zu Abu Talib, um über ihn Muhammad, Friede und Segen auf ihn, Reichtum, Macht und Frauen anzubieten. Sie wollten Muhammad, Friede und Segen auf ihn, so bestechen, damit er mit seinem Aufruf zum Eingottglauben aufhören sollte. Als Abu Talib ihm davon berichtete, lehnte Muhammad, Friede und Segen auf ihn, natürlich ab.

Denn er brauchte dies alles nicht. Sein Reichtum war die Zufriedenheit, die Macht war die von Gott und Chadidscha war seine Liebste.

Und damit nicht genug. Etwas später boten die Quraisch Abu Talib an, einen Mann von ihnen gegen Muhammad, Friede und Segen auf ihn, zu tauschen. Die Rede dauerte genauso lange wie der Satz, da waren die Quraisch auch schon rausgeflogen.

Der Traurigste aller Versuche war, Muhammad, Friede und Segen auf ihn, beim Gebet mit einem Stein zu erschlagen. Der vermeidliche Attentäter ergriff dann aber kurz vorher die Flucht. Denn die Situation jagte dem Attentäter Angst ein!

Nun gingen die Quraisch nach Yathrib, um einen Rabbi um Rat zu bitten. Dieser gab ihnen Folgendes für Muhammad, Friede und Segen auf ihn, zur Aufgabe:

„Fragt ihn nach den schlafenden Schäfern in der Höhle, fragt ihn nach dem Du l- Qurnain und fragt ihn nach der Seele."

Es dauerte eine Weile bis Muhammad, Friede und Segen auf ihn, durch eine Offenbarung die Lösung bekam.

Er rezitierte die Verse **18:9-22** für die Schäfer:

„Oder meinst du etwa, dass die Leute der Höhle und der Inschrift ein (besonders) verwunderliches unter Unseren Zeichen sind? Als die Jünglinge in der Höhle Zuflucht suchten und sagten: „Unser Herr, gib uns Barmherzigkeit von Dir aus, und bereite uns in unserer Angelegenheit einen rechten (Aus)weg." Da ließen Wir sie in der Höhle für eine Anzahl von Jahren in Dauerschlaf fallen. Hierauf erweckten Wir sie auf, um zu wissen, welche der beiden Gruppierungen am richtigsten die Dauer ihres Verweilens erfasst hat. Wir berichten dir ihre Geschichte der Wahrheit entsprechend. Sie waren Jünglinge, die an ihren Herrn glaubten und denen Wir ihre Rechtleitung mehrten. Und Wir stärkten ihre Herzen, als sie aufstanden und sagten: „Unser Herr ist der Herr der Himmel und der Erde. Wir werden außer Ihm keinen (anderen) Gott anrufen, sonst würden wir ja etwas Unrechtes sagen. Dieses, unser Volk hat sich außer Ihm (andere) Götter genommen. Wenn sie doch für sie eine deutliche Ermächtigung bringen würden! Wer ist denn ungerechter, als wer gegen Allah eine Lüge ersinnt? Und da ihr euch nun von ihnen und von demjenigen, dem sie außer Allah dienen, fernhaltet, so sucht Zuflucht in der Höhle; euer Herr wird über euch (einiges) von Seiner Barmherzigkeit ausbreiten und

euch in eurer Angelegenheit eine milde Behandlung bereiten." Und du siehst die Sonne, wenn sie aufgeht, sich von ihrer Höhle zur Rechten wegneigen, und wenn sie untergeht, an ihnen zur Linken vorbeigehen, während sie sich darin in einem Raum befinden. Das gehört zu Allahs Zeichen. Wen Allah rechtleitet, der ist (in Wahrheit) rechtgeleitet; wen Er aber in die Irre gehen lässt, für den wirst du keinen Schutzherrn finden, der ihn den rechten Weg führt. Du meinst, sie seien wach, obwohl sie schlafen. Und Wir drehen sie nach rechts und nach links um, während ihr Hund seine Vorderbeine im Vorraum ausstreckt. Wenn du sie erblicktest, würdest du dich vor ihnen fürwahr zur Flucht kehren und vor ihnen fürwahr mit Schrecken erfüllt sein. Und so erweckten Wir sie auf, damit sie sich gegenseitig fragten. Einer von ihnen sagte: „Wie lange habt ihr verweilt?" Sie sagten: „Verweilt haben wir einen Tag oder den Teil eines Tages." Sie sagten: „Euer Herr weiß am besten, wie (lange) ihr verweilt habt. So schickt einen von euch mit diesen euren Silbermünzen in die Stadt; er soll sehen, welche ihre reinste Speise ist, und euch davon eine Versorgung bringen. Er soll behutsam sein und ja niemanden etwas von euch merken lassen. Denn wenn sie von euch erfahren, werden sie euch steinigen oder euch (zwangsweise) zu ihrer Glaubensrichtung zurückbringen; dann wird es euch niemals mehr wohl ergehen." So ließen Wir (die Menschen) sie doch entdecken, damit sie wissen, dass Allahs Versprechen wahr ist und dass es an der Stunde keinen Zweifel gibt. Als sie untereinander über ihre Angelegenheit stritten, da sagten sie: „Errichtet über ihnen einen Bau. Ihr Herr weiß am besten über sie Bescheid." Diejenigen, die in ihrer Angelegenheit siegten, sagten: „Wir werden uns über ihnen ganz gewiss eine Gebetsstätte einrichten." (Manche) werden sagen: „(Es waren ihrer) drei, ihr Hund war der vierte von ihnen." Und (manche) sagen: „(Es waren ihrer) fünf, der sechste von ihnen war ihr Hund." - Ein Herumraten über das Verborgene. Und (manche) sagen: „(Es waren ihrer) sieben, und der achte von ihnen war ihr Hund." Sag: Mein Herr kennt ihre Zahl am besten; nur wenige kennen sie. Darum streite über sie nur in offensichtlichem Streit, und frage niemanden von ihnen um Auskunft über sie.".

Die Verse **18:83-98** zitierte er für den Du l- Qurnain:

„Und sie fragen dich nach Du '1-Qarnain. Sag: Ich werde euch über ihn eine Geschichte verlesen.

Wir verliehen ihm auf der Erde eine feste Stellung und eröffneten ihm zu allem einen Weg. Da verfolgte er einen Weg, bis, als er den Ort des Sonnenuntergangs erreichte, er fand, dass sie in einer schlammigen Quelle unterging, und er fand bei ihr ein Volk. Wir sagten: „O Du '1- Qarnain, entweder strafst du (sie), oder du behandelst sie mit Güte." Er sagte: „Was nun jemanden angeht, der Unrecht tut, so werden wir ihn strafen; hierauf wird er zu seinem

Herrn zurückgebracht, und Er straft ihn dann mit entsetzlicher Strafe. Was aber jemanden angeht, der glaubt und rechtschaffen handelt, für den wird es als Lohn das Beste geben, und Wir werden ihm von unserem Befehl etwas sagen, was Erleichterung bringt."

Hierauf verfolgte er einen Weg, bis, als er den Ort des Sonnenaufgangs erreichte, er fand, dass sie über einem Volk aufgeht, denen Wir keine Deckung vor ihr gegeben hatten. So war es. Und Wir haben ja umfassende Kenntnis von dem, was ihn betrifft.

Hierauf verfolgte er einen Weg, bis, als er den Ort zwischen den beiden Bergen erreichte, er diesseits von ihnen ein Volk fand, das beinahe kein Wort verstand. Sie sagten: „O Du 'l-Qarnain, Ya'gug und Ma'gug stiften Unheil auf der Erde. Sollen wir dir eine Gebühr dafür aussetzen, dass du zwischen uns und ihnen eine Sperrmauer errichtest?" Er sagte: „Was mir mein Herr an fester Stellung verliehen hat, ist besser (als eure Gebühr). Doch helft mir mit (eurer Arbeitskraft, damit ich zwischen euch und ihnen einen aufgeschütteten Wall errichte. Bringt mir die Eisenstücke." Als er nun zwischen den beiden Berghängen gleich hoch (aufgeschüttet) hatte, sagte er: „Blast (jetzt)." Als er es zum Glühen gebracht hatte, sagte er: „Bringt mir, damit ich (es) darüber gieße, geschmolzenes Kupfer." So konnten sie ihn weder überwinden, noch konnten sie ihn durchbrechen. Er sagte: „Das ist eine Barmherzigkeit von meinem Herrn. Wenn dann das Versprechen meines Herrn eintrifft, lässt Er ihn in sich zusammensinken; und das Versprechen meines Herrn ist wahr."

Für die Seele zitierte er diesen Vers:
„Sie fragten mich nach dem Geist. Der Geist ist vom Befehl meines Herrn, euch ist vom Wissen gewiss nur wenig gegeben."
(Quran 17:85)

Die Quraisch waren sehr erstaunt, denn Muhammad, Friede und Segen auf ihn, konnte weder Lesen noch Schreiben. Seine Botschaft musste also wahr sein.
Trotzdem bezichtigten sie ihn der Zauberei und der Dichtung.
Abu Talib war ein wichtiger Klanführer und nahm Muhammad, Friede und Segen auf ihn, unter seinen Schutz. Aus diesem Grund richtete sich der Hass der Quraisch nun gegen die Armen und Schwachen.
Zum Islam übergetretene Sklaven wurden misshandelt und gefoltert. Ihnen wurde befohlen, sich wieder dem Götzendienst zuzuwenden, sonst würden sie umgebracht werden.
Bilal Ibn Rabah al Habaschi, ein schwarzer Sklave, gehörte auch zu ihnen. Als Umayya Ibn Khalaf, der Herr Bilals, von einem Muslim Besuch bekam und dieser durch die Tür trat, wurde Umayya sehr

wütend. Er forderte Bilal auf, ihn zu schlagen. Bilal stand jedoch auf und machte sich gerade. Die Situation machte ihn so mutig, dass er niemals mehr Angst vor Demütigungen und Erniedrigung hatte. Er verweigerte sich schlichtweg.

Trotzdem musste Bilal Folterungen durch seinen Herrn aushalten. Er wurde auf den Boden gelegt und schwere Steine wurden ihm auf die Brust gelegt. Es wurde sehr heiß in der Sonne. Aber er schrie: „Einer, Einer." Kein Mensch vermochte es seinen starken Willen zu brechen.

Abu Bakr hörte dies, kaufte ihn frei und ließ ihn laufen.

So hatte sein Leid ein Ende.

Der Prophet sollte zum Beweis auch Wunder vollbringen. So spaltete sich der Mond, um zwei Berghälften zu erhellen.

„Näher ist die Stunde des Gerichts gekommen und gespalten hat sich der Mond. Und wenn sie ein Zeichen sehen, wenden sie sich ab und sagen: „Fortdauernde Zauberei."

(Quran 54:1-2)

Das Leben wurde für viele unerträglich. Im fünften Jahr seiner Prophetie schickte Muhammad, Friede und Segen auf ihn, einige Muslime nach Abessinien.

Ruqaya und Uthman gehörten auch zu den Auswanderern.

Abessinien wurde von einem christlichen König regiert. Muhammad, Friede und Segen auf ihn, wusste durch Handelsreisen von ihm. Da die Quraisch nun durch die Auswanderung ihre Auslandsgeschäfte in Bedrohung sahen, schickten sie Boten mit Geschenken, um den König damit zur Herausgabe der Muslime zu bestechen.

König Nadschaschi hieß die Muslime sehr willkommen. Er hörte sich ihren Gram an und wollte wissen, warum die Quraisch so auf ihren Götzendienst bestanden. Man erklärte ihm, es sei Habgier, Stolz und das Gelöbnis an den Glauben ihrer Vorväter.

Da der König auch an einen Gott glaubte, fragte er nach den Offenbarungen Muhammads, Friede und Segen auf ihn. Daraufhin rezitierte der Anführer, Dschafar Ibn Abi Talib, die Sure Mariam, Verse 16-36:

„Und gedenke im Buch Maryams, als sie sich von ihren Angehörigen an einen östlichen Ort zurückzog. Sie nahm sich einen Vorhang vor ihnen. Da sandten Wir Unseren Geist zu ihr. Er stellte sich ihr als wohlgestaltetes menschliches Wesen dar. Sie sagte: „Ich suche beim Allerbarmer Schutz vor dir, wenn du gottesfürchtig bist." Sie sagte: „Wie soll mir ein Junge gegeben werden, wo mich doch kein menschliches Wesen berührt hat und ich keine Hure bin." Er sagte: „So wird es sein. Dein Herr sagt: ‚Das ist Mir ein leichtes, und damit Wir ihn zu einem Zeichen für die Menschen und zu einer Barmherzigkeit von Uns machen'. Und es ist eine beschlossene Angelegenheit." So empfing sie ihn und zog sich mit ihm zu einem fernen Ort zurück. Die Wehen ließen sie zum Palmenstamm gehen. Sie sagte: „O wäre ich doch zuvor gestorben und ganz und gar in Vergessenheit geraten!" Da rief er ihr von unten her zu: „Sei nicht traurig; dein Herr hat ja unter dir ein Bächlein geschaffen. Und schüttle zu dir den Palmenstamm, so lässt er frische, reife Datteln auf dich herabfallen. So iss und trink und sei frohen Mutes'. Und wenn du nun jemanden von den Menschen sehen solltest, dann sag: Ich habe dem Allerbarmer Fasten gelobt, so werde ich heute mit keinem Menschenwesen sprechen." Dann kam sie mit ihm zu ihrem Volk, ihn (mit sich) tragend. Sie sagten: „O Maryam, du hast da ja etwas Unerhörtes begangen. O Schwester Haruns, dein Vater war doch kein sündiger Mann, noch war deine Mutter eine Hure." Da zeigte sie auf ihn. Sie sagten: „Wie können wir mit jemandem sprechen, der noch ein Kind in der Wiege ist?" Er sagte: „Ich bin wahrlich Allahs Diener; Er hat mir die Schrift gegeben und mich zu einem Propheten gemacht. Und gesegnet hat Er mich gemacht, wo immer ich bin, und angeordnet hat Er mir, das Gebet (zu verrichten) und die Abgabe (zu entrichten), solange ich lebe, und gütig gegen meine Mutter zu sein. Und Er hat mich weder gewalttätig noch unglücklich

gemacht. Und der Friede sei auf mir am Tag, da ich geboren wurde, und am Tag, da ich sterbe, und am Tag da ich wieder zum Leben auferweckt werde." Das ist 'Isa, der Sohn Maryams: (Es ist) das Wort der Wahrheit, woran sie zweifeln. Es steht Allah nicht an, Sich ein Kind zu nehmen. Preis sei Ihm! Wenn Er eine Angelegenheit bestimmt, so sagt Er dazu nur: ‚Sei!', und so ist es. ('Isa sagte:) „Und gewiss, Allah ist mein Herr und euer Herr; so dient Ihm. Das ist ein gerader Weg."
König Nadschaschi erkannte die Wahrhaftigkeit der Muslime, die ihn sehr rührte. Er schickte die Quraisch zurück und versprach den Muslimen Schutz in Abessinien.

Zur gleichen Zeit in Mekka machte sich Umar Ibn Al Chattab auf den Weg, um Muhammad, Friede und Segen auf ihn, zu töten. Ihm war es leid, dass Muhammad, Friede und Segen auf ihn, die Welt durcheinander brachte. Umar war ein temperamentvoller, gebildeter Mann. Auch war er wütend, dass seine Schwester den Islam angenommen hatte. Er schlug sie zwar, nahm dann aber das Pergament, um die Worte selbst zu lesen, die alle so geheimnisvoll huldigten.

Er las die ersten fünf Verse der Sure Ta ha:

„Wir haben den Quran nicht auf dich (als Offenbarung) hinabgesandt, damit du unglücklich bist, sondern als Erinnerung für denjenigen, der gottesfürchtig ist, eine Offenbarung von Demjenigen, Der die Erde und die hohen Himmel erschaffen hat. Der Allerbarmer ist über dem Thron erhaben."

(Quran 20:1-5)

Diesen mächtigen Worten konnte Umar nichts entgegen setzen. Er sprach den Treueid (arab. Schahada) aus: „Ich bezeuge, dass es keinen Gott gibt außer Allah und ich bezeuge, dass Muhammad, sein Diener und Gesandter ist."

Daraufhin suchte Umar den Propheten auf und erklärte ihm seine Zugehörigkeit zum Islam.

Umar betete nun mit vielen anderen Muslimen das erste Mal gemeinsam mit dem Propheten an der Kaaba. Hamza nahm auch kurz vorher den Islam an. Man nannte Umar auch "Der zwischen Wahrheit und Lüge Unterscheidende" (arab. Al Faruq). Unter den Anhängern war er der Erste, der den Islam öffentlich predigte und kein Geheimnis von seiner Ausreise aus Mekka nach Yathrib machte.

Muhammad, Friede und Segen auf ihn, war ein friedliebender Mensch. Seine größte Überzeugung an die Menschen ging vom

Quran aus. Stets gebot er das Gute, sprach mahnende, leise Worte, war hilfsbereit und freundlich.

Er begrüßte die Menschen mit den Worten: „Salam alaikum (Friede sei mit Euch). Wurde er selbst so gegrüßt, grüßte er mit einem schönerem Gruß zurück: „Wa alaikum as-Salam wa rahmatu Allahi wa barakatu". (Und Friede auch mit Euch. Möge Allah sich Euch erbarmen und gnädig sein).

Er war beschützt von seinen Anhängern, seinen Freunden und seiner Familie. Besonders von Abu Talib. Was auch immer die Quraisch versuchten gegen Muhammad, Friede und Segen auf ihn, vorzubringen, war ohne Erfolg.

Als man ihm einmal Reichtum anbot, mit dem Ziel, ihn von seiner Aufgabe der Glaubensverkündung abzubringen, antwortete er: „Es fehlt mir an nichts, von dem ihr sprecht. Ich brauche weder euren Besitz noch eure Ehre und auch kein Königreich. Allah beauftragte mich als Propheten und hat mir ein Buch offenbart und ich habe den Befehl, euch Freudenbote und Warner zu sein. Ich bringe euch die Botschaft meines Herrn und gebe euch guten Rat. Wenn ihr es von mir annehmt, wird das euer Vorteil im Diesseits und im Jenseits sein. Wenn ihr mich zurückweist, werde ich Allahs Urteil abwarten, bis er zwischen mir und euch entscheidet."

Aus diesem Grund und aus Rache, weil die Quraisch den König Nadschaschi nicht überzeugen konnten, die ausgewanderten

Muslime heraus-zugeben, wurde im Jahr 616 n.Chr. ein Boykott verhangen.

Mit einem Stück Pergament wurde an der Kaaba ein Verbot zum Beschluss.

Verboten wurde die Heirat in die Familie der Bani Haschim und der Bani Abdul Muttalib; verboten wurde der Handel mit den Familien.

Die Bani Haschim siedelten sich auf Abu Talibs Rat hin außerhalb von Mekka an. Dort drohten sie zu verhungern. Drei Jahre lang sollte der Boykott dauern.

Fünf Männer von den Quraisch taten sich schließlich zusammen, um den Boykott zu beenden. Die Urkunde wurde inzwischen von Termiten zerfressen, was den Vertrag ungültig machte. Das Einzige, was von ihm übrig blieb, war ein Papierfetzen mit den Worten: "Bismika Allahumma"
(In Deinem Namen, O Allah).

Einige Muslime kamen aus Abessinien zurück. Uthman und Ruqaya waren auch dabei. Später wanderten sie erneut aus. Diesmal nach Yathrib, in die spätere Medina.

Es wurde das Gerücht verbreitet, dass die Mekkaner rechtgeleitet wurden und den Götzendienst an der Kaaba aufgegeben hatten.

Die Ruhe sollte ein Jahr anhalten, danach kam ein großes Unglück über Muhammad, Friede und Segen auf ihn.

Abu Talib wurde krank und lag im Sterben. Muhammad, Friede und Segen auf ihn, liebte ihn sehr. Er war zwar sein Onkel, aber wie der Vater, den er nie gehabt hatte und sein größter Beschützer. Ein armer Mann, der nur durch seine gesellschaftliche Stellung mächtig war. Muhammad, Friede und Segen auf ihn, trat an sein Lager und bat ihn als letzten Satz den Treueid auszusprechen, um ihn vor dem Höllenfeuer zu retten. Die Männer der Quraisch störten ihn jedoch. Zu ihnen gehörten Abu Sufyan Ibn Harb, Umayya Ibn Khalaf, Abu Dschahl, Utba und Schayba Ibn Rabea.

So starb Abu Talib als Götzendiener (arab. Muschrik).

Kurz darauf starb auch Chadidscha. Sie war die erste Frau, der Muhammad, Friede und Segen auf ihn, das Paradies versprach.

Für Muhammad, Friede und Segen auf ihn, begann eine Zeit der großen Trauer. Er verlor den Schutz seines Onkels und die Liebe seiner geliebten Frau Chadidscha. Die Quraisch verloren gänzlich den Respekt.

Niemand dachte daran, dass Muhammad, Friede und Segen auf ihn, überhaupt noch einmal heiraten würde.

Man nannte diese Zeit auch "Das Jahr der Trauer".

Eine Gefährtin schlug Muhammad, Friede und Segen auf ihn, vor, doch zu heiraten. Es ging um Sauda Bint Zamea. Sie wanderte damals mit nach Abessinien aus. Bei ihrer Rückkehr nach Mekka starb ihr Mann.

Sie war etwas älter als Chadidscha, gutherzig und fröhlich.

Beide heirateten. Sie war ihm eine gute Unterstützung bei der Erziehung seiner Töchter und Sauda war froh durch Muhammad, Friede und Segen auf ihn, geschützt zu sein.

Nun versuchte Muhammad, Friede und Segen auf ihn, den Islam in Taif zu verbreiten. Der Aberglaube an den Götzendienst war hier noch größer als in Mekka, sodass man ihn mit Steinen beschmiss.

Unterwegs, zurück nach Mekka, traf er Mut`im Ibn Adiyy, der ihm Schutz gewährte und ihn mit seinen Söhnen und bewaffnet nach Mekka brachte. Mut`im musste schwören Muhammad, Friede und Segen auf ihn, nur zu beschützen und nicht seinen Glauben angenommen zu haben.

In Mekka zurück, war die Situation bald unerträglich. Abu Bakr verließ Mekka. Er wurde von den Quraisch bedrängt und gequält. Etwas später kam er jedoch zurück, da ihm Schutz gewährt wurde. Er würde aber aufhören, den Quran öffentlich zu rezitieren und zu beten.

Er verzichtete sofort auf den Schutz, als man ihn darauf ansprach.

Im dreizehnten Jahr seiner Prophetie trat Muhammad, Friede und Segen auf ihn, die Nachtreise an. Der Engel Gabriel brachte ihm ein Reittier, den Buraq, mit dem er nach Jerusalem reiste, um in der Al Aqsa Moschee zu beten und dann in den Himmel aufzusteigen.

Muhammad, Friede und Segen auf ihn, berichtete über dieses Ereignis wie folgt: *„Allah offenbarte mir dann und schrieb mir vor, jeden Tag und jede Nacht fünfzig Gebete zu verrichten. Ich stieg zu Moses, Allahs Segen und Heil auf ihm, herab. Da sagte er: „Was hat Allah deiner Gemeinde vorgeschrieben?"*

Ich sagte: „Fünfzig Gebete." Er sagte: „Kehre zu deinem Herrn zurück und bitte Ihn um eine Erleichterung. Deine Gemeinde wird bestimmt das nicht zu leisten vermögen, denn ich habe die Kinder Israels schon einer Prüfung ausgesetzt und sie erprobt." Ich kehrte dann zu meinem Herrn zurück und sagte: „O mein Herr! Erleichtere es meiner Gemeinde." So hob Er mir fünf Gebete auf. Ich kehrte zu Moses wieder und sagte: „Allah hob mir fünf Gebete auf." Er (Moses) erwiderte: „Deine Gemeinde wird das nicht zu leisten vermögen. Kehre zu deinem Herrn zurück und bitte Ihn um eine Erleichterung!" Ich hörte nicht auf, zwischen Allah, Segensreich und Erhaben sei Er, und Moses zu gehen, bis Allah sagte: „Es sind fünf Gebete jeden Tag und jede Nacht. Jedes Gebet gleicht zehn Gebeten und das macht fünfzig Gebete. Und wer die Absicht hat, eine Wohltat auszuführen, sie aber nicht ausführt, wird ihm das als eine Wohltat niedergeschrieben. Wenn er aber die Wohltat wirklich ausführt, wird sie für ihn als zehn Wohltaten niedergeschrieben. Und wer dagegen eine schlechte Tat zu begehen beabsichtigt; sie aber nicht begeht, wird eine gute Tat niedergeschrieben. Begeht er sie aber, so wird sie für ihn nur als eine einzige schlechte Tat niedergeschrieben." Ich stieg dann herab, bis ich bei Moses, Allahs Segen und Heil auf ihm, war und erzählte ihm (was passierte). Er sagte: „Kehre zu deinem Herrn zurück und bitte Ihn um Erleichterung." Ich sagte: „Ich bin zu meinem Herrn mehrmals zurückgekehrt, bis ich mich vor Ihm schämte." **(Sahih Muslim)**

Als Muhammad, Friede und Segen auf ihn, zurück in Mekka war, um sich wieder schlafen zu legen, war sein Bett noch warm.

Abu Bakr war der Erste, der ihm sofort glaubte, als er davon erzählte. Alle anderen glaubten ihm erst, als er erzählte, wie er einer Karawane nach Syrien begegnete und deren Kamel erschrak, als es sein Reittier hörte und daraufhin weglief. Muhammad, Friede und Segen auf ihn, half ihnen, es wieder zu finden.

Bei dem Berge Ḏāġnān trank er einen Wasserkrug leer und setzte den Deckel wieder drauf. Er erklärte, dass sich die Karawane zur Zeit auf dem Pass von Tan`im in der Höhe Baida befindet und dass sie von einem staubfarbenen Kamel mit zwei Säcken angeführt wird. Ein Sack ist weiß, der andere schwarz.

So liefen die Leute schließlich dorthin, um dies zu überprüfen. Sie sahen das Kamel, wie er es beschrieben hatte, und fanden auch den leeren Wasserkrug. Die Männer waren nun überzeugt von der Wahrhaftigkeit Muhammads, Friede und Segen auf ihn.

Durch Pilgerfahrten von Yathrib nach Mekka war Muhammad, Friede und Segen auf ihn, schon bekannt. Der Prophet wurde bereits von den Juden erwartet, wenn sie es auch missbilligten, dass er nicht aus ihren Reihen stammte.
In Mekka lebte ein junger Mann namens Mus`ab Ibn Umair. Er war sehr gebildet, gut gekleidet, von bestem Benehmen und sprachgewandt. Als seine Mutter erfuhr, dass er den Islam annahm, verstieß und enterbte sie ihn.
Dass er von nun an auf alle Annehmlichkeiten verzichten musste, störte ihn nicht. Er blieb standhaft und wurde von Muhammad, Friede und Segen auf ihn, als ersten Abgesandten nach Yathrib geschickt, um dort den Islam zu verbreiten.
Er zitierte den Quran, leitete die Muslime im Gebet und gab die Tugenden des Islams weiter. Viele Menschen bekannten sich zum Islam.
An den Pilgerreisen nach Mekka beteiligte sich auch eine Gruppe

aus Yathrib. Die Rituale endeten in Arafa. Eine Gruppe der Muslime machte sich mit Muhammad, Friede und Segen auf ihn, und seinem Onkel Al Abbas Ibn Abdul Muttalib auf den Weg nach Aqaba. Die Gruppe aus Yathrib nahm den gleichen Weg. Beinahe zeitgleich kamen sie an. Frauen waren auch dabei.

Die Leute aus Yathrib erzählte von den Veränderungen, nachdem Muhammad, Friede und Segen auf ihn, Mus`ab Ibn Umair nach Yathrib geschickt hatte, um dort den Islam zu verbreiten. Es entstand dadurch Frieden in der Gemeinschaft. Sie schlugen Muhammad, Friede und Segen auf ihn, vor, auch nach Yathrib zu kommen, um dort ihr Anführer zu werden.

Außerdem könnten seine Anhänger ihm nach Yathrib folgen und wären dort sicher. Muhammad, Friede und Segen auf ihn, willigte ein. Al Bara Ibn Maarour, einer der Männer, schwor bei Gott, ihn mit seinen Männern zu beschützen, ihm zu dienen und die Treue zu halten. Muhammad, Friede und Segen auf ihn, schüttelte jedem der Männer die Hand. Alle schworen ihm die Treue. Auch die Frauen, aber ohne die Hand zu schütteln. Von den Frauen jedoch verlangte er nicht im Falle eines Kampfes, das Schwert zu führen.

Dieses Ereignis nannte man den Treueid von Aqaba (auch: der Treueid des Kriegs). Der Treueid wurde insgesamt drei Mal am gleichen Ort bestätigt. Mus`ab Ibn Umair wurde bereits nach dem ersten Treffen nach Yathrib geschickt.

Die Muslime erfuhren, dass das Leben in Yathrib friedlich war. Sie konnten ihren Glauben dort frei leben.

So beschlossen viele Muslime, Mekka zu verlassen.

Den Quraisch missfiel das sehr. Sie hielten die Muslime von der Abreise ab, indem sie sie vor der Wahl des Verlustes ihrer Habe stellten. Die Muslime mussten alles zurück lassen. Manche von ihnen wurden gefoltert und gaben zum Schein den Islam auf. Ehepaare wurden getrennt, indem man den einen abreisen ließ und den anderen daran hinderte.

Hamza, Zaid und Umar verließen Mekka. Abu Bakr und Muhammad, Friede und Segen auf ihn, blieben dort. Da Abu Bakr sehr auf die Abreise mit Muhammad, Friede und Segen auf ihn, hoffte, kaufte er zwei Kamele, um sie für die Reise vorzubereiten.

In dieser Zeit planten die Quraisch ein neues Attentat auf Muhammad, Friede und Segen auf ihn. Sie verabredeten, ihn nachts gemeinsam in seinem Bett zu erstechen. So wollten sie verhindern, dass die Blutrache über nur eine Familie verhängt würde. Der Engel Gabriel warnte Muhammad, Friede und Segen auf ihn, jedoch und erteilte ihm gleichzeitig die Erlaubnis zur Auswanderung.

Muhammad, Friede und Segen auf ihn, bat Ali als Ersatz für ihn in seinem Bett zu schlafen und beauftragte ihn, nachdem er weg war, alle bei ihm gelagerten Wertsachen der Quraisch zurück zu geben.

Kurz bevor Muhammad, Friede und Segen auf ihn, und Abu Bakr abreisten, blies er Sand auf die Köpfe der Quraisch-Männer an seiner Tür und verdunkelte so ihre Blicke. So bekam niemand mit, dass sie verschwanden. Als die Quraisch Ali in seinem Bett fanden, wunderten sie sich sehr.

Muhammad, Friede und Segen auf ihn, reiste in Wehmut ab und erklärte: „Auf Allahs Erden bist Du mir und Allah der meist geliebte Ort. Hätte mein Volk mich nicht verbannt, hätte ich dich nicht verlassen."

Ein Schäfer namens Amir Ibn Fuhaira folgte ihnen mit seiner Herde und verwischte ihre Spuren. Die erste Rast war auf dem Berg Thawr in einer Höhle. Asmaa und Abdullah, die Kinder Abu Bakrs, brachten ihnen dorthin das Essen.
Inzwischen wurde für Muhammad, Friede und Segen auf ihn, eine Belohnung von einhundert Kamelen ausgesetzt. Er sollte tot oder lebendig gefunden werden.
So machten sich viele Verfolger auf den Weg. Eine Gruppe kam fast bis vor den Höhleneingang. Abu Bakr bekam große Angst.
Muhammad, Friede und Segen auf ihn, beruhigte ihn mit den Worten: „Was hältst du von zweien, bei denen Allah der Dritte ist?"

Die Verfolger waren jedoch zu müde, und da weit und breit keine Spuren zu sehen waren, ritten sie einfach weiter, ohne in die Höhle zu schauen.

Den ersten Halt machten sie in dem Dorf Qubaa. Da Abu Bakr etwas jünger als Muhammad, Friede und Segen auf ihn, war, hielt man ihn zuerst für den Propheten. Ali reiste ihnen dorthin hinterher.
In Qubaa setzte Muhammad, Friede und Segen auf ihn, das Fundament für die erste Moschee.

Nach der Hidschra
(Die medinensische Zeit)

Es war das Jahr 622 n. Chr. als Muhammad, Friede und Segen auf ihn, und Abu Bakr in Yathrib ankamen. Die Bewohner erwar-teten beide mit großer Freude. Von nun an nannte man Yathrib nur noch Medina – die Stadt des Propheten.

Um nun den Standort einer Moschee zu ermitteln, gab Muhammad, Friede und Segen auf ihn, dafür den Sitzplatz seiner Kamelstute Qaswaa an und kaufte das Grundstück von zwei Waisenkindern ab. Er beteiligte sich selbst am Bau. Es war seine Moschee und man nannte sie "Die Moschee des Propheten". Neben dran wohnte er gleich.

Diese Zeit war der Beginn der islamischen Zeitrechnung "Die Auswanderung" (arab. Hidschra). Das Fasten zu Ramadan wurde Pflicht und die Armenabgabe (arab. Zakat) wurde eingeführt. Jeder Muslim sollte einen Teil seines Vermögens, als denn er dann dazu in der Lage war, an die Bedürftigen abgeben. Die Auswanderer (arab. Muhadschirun) verbündeten sich mit den Helfern (arab. Ansar) aus Medina.

Muhammad, Friede und Segen auf ihn, schickte Zaid, um Sauda, Umm Kulthum und Fatima aus Mekka zu holen. Zaid brachte auch seine Frau Baraka und seinen Sohn Usama mit.

Abu Bakrs Kinder und seine Frau Umm Ruman kamen auch bald nach.

Um der Freundschaft mit Abu Bakr eine familiäre Beziehung zu geben, heiratete Muhammad, Friede und Segen auf ihn, Abu Bakrs Tochter Aischa. Aischa war noch ein junges Mädchen. Sie mochte Muhammad, Friede und Segen auf ihn, sehr und bewunderte ihn. Es war ihr eine sehr große Ehre, neben Sauda seine Frau zu sein. Sauda verzichtete gerne zugunsten Aischas auf gleiche Aufmerksamkeit und Zuwen-dung durch den Propheten.

Muhammad, Friede und Segen auf ihn, schätzte Aischa wegen ihrer Intelligenz und ihrer guten Auffassungsgabe. Sie konnte sich schnell etwas merken und glänzte in Vorbildlichkeit ihrer weiblichen Tugenden. Muhammads, Friede und Segen auf ihn, Frauen waren die "Mütter der Gläubigen" und dienen heute noch jedem Muslim als Vorbild.

Da es schon viele Muslime in Medina gab, war es leicht für Muhammad, Friede und Segen auf ihn, die islamischen Tugenden weiter zu geben. Es lebten aber auch viele Juden in Medina.

Damit die Religionsgemeinschaften friedlich nebeneinander leben konnten, wurde "Der Vertrag von Medina" beschlossen. Der Prophet setzte, bevor er etwas verfasste, immer die Worte "Im Namen Allahs Des Allerbarmers, Des Barmherzigen" (arab. Bismillahi alrahmani alrahim) an erster Stelle. Da die Juden diesen Ausdruck jedoch nicht kannten, und er sonst unnötig Gerede verursachen würde, verzichtete der Prophet um den Friedenswillen darauf. So wurde beschlossen, dass die Juden gleichberechtigt den Muslimen in der Ausübung ihrer Religion waren, und jeder im Sinne des Allgemeinwohls seinen Gesetzen unterlag. Anfeindungen von Religion zu Religion waren verboten. Wollte eine Familie bzw. eine Sippe Medina verlassen, musste sie sich bei Muhammad, Friede und Segen auf ihn, abmelden.

Es gab aber auch viel Neid untereinander. Juden, die zum Islam übertraten, wurden nicht mehr von ihren Familien akzeptiert. Einige Juden bekannten sich falsch zum Islam, um unter den Muslimen Zwietracht zu säen. Man nannte sie die Heuchler (arab. Munafikun).

Da man durch die Moschee des Propheten einen Gebetsraum und einen Raum hatte, um die Freitagspredigten zu halten und die Muslime den Islam zu unterrichten, war es an der Zeit, die Muslime zu den Gebetszeiten in die Moschee zu rufen.

Abdullah Ibn Zaid hatte einen Traum, in dem man die Worte des Gebetsrufes fand. Der ehemalige Sklave Bilal bekam die große Ehre als Gebetsrufer (arab. Muadhin) den Gebetsruf (arab. Adhan) auszurufen.

Bilal rief von einem hohen Haus, nahe der Moschee des Propheten:

Allahu Akbar (Allah ist am Größten 4x)

Aschhadu an la ilaha illa Allah
(Ich bezeuge, dass es keinen Gott gibt außer Allah 2x)

Aschahadu anna Muhammadan rasulullah
(Ich bezeuge, dass Muhammad Sein Diener und Gesandter ist 2x)

Hayya alas Salat (komm her zum Gebet 2x)
Hayya alal Falah (komm her zum Erfolg 2x)

Allahu Akbar (Allah ist am Größten 2x)

la illaha illa Allah (es gibt keinen Gott außer Allah)

Zum Frühgebet fügte er noch an den Schluss:

Al salatu chairun minan Naum (Das Gebet ist besser als der Schlaf)

<u>Es vergingen zwei Jahre</u>. Den Quraisch in Mekka missfiel die wachsende Macht der Muslime in Medina sehr. Durch eine Offenbarung erhielt Muhammad, Friede und Segen auf ihn, nun die Erlaubnis zu kämpfen.

„Erlaubnis (zum Kampf) ist denjenigen gegeben, die bekämpft werden, weil ihnen ja Unrecht zugefügt wurde, und Allah hat wahrlich die Macht, ihnen zu helfen."

(Quran 22:39)

Inzwischen packten die Quraisch die enteigneten Sachen zusammen, in der Absicht sie in Syrien zu verkaufen. Auf dem Rückweg nach Mekka, kamen sie an Medina vorbei. Die Muslime planten, sie zu überfallen, um einen Teil der Güter als Ersatz für die enteigneten Gegenstände nach ihrer Auswanderung zurück zu erobern.

In dieser Zeit starb Ruqaya in Medina an einer Krankheit. Da Uthman Ibn Affan nun Witwer war, heiratete er Umm Kulthum.

Uthman wurde auch "Besitzer zweier Lichter" (arab. Dhu- n Nurain) genannt. Er war der einzige Mann, der zwei der Töchter Muhammads, Friede und Segen auf ihn, heiratete.

Abu Sufyan war der Führer des Trupps. Nachdem er die Nachricht über das Vor-haben der Muslime durch einen Erkundungstrupp erfahren hatte, ritt er mit seiner Karawane einen Umweg und kam sicher in Mekka an.

Inzwischen mobilisierten sich die Quraisch gegen die Muslime. Muhammad, Friede und Segen auf ihn, ritt ihnen mit seiner Armee entgegen. Sie trafen sich an dem Brunnen von Badr, einer wichtigen Marktgegend (die Schlacht von Badr; arab. Ghazwat Badr)

Als zwei Sklaven kamen, um Wasser zu holen, fragte Muhammad, Friede und Segen auf ihn, sie, wie viel Männer der Quraisch waren. Den Sklaven waren dessen jedoch unachtsam gewesen und konnten nicht antworten. Daher fragte Muhammad, Friede und Segen auf ihn, sie, wie viele Kamele sie täglich schlachteten. Sie sagten es wären zehn. So wusste Muhammad, Friede und Segen auf ihn, dass er mit neunhundert oder tausend Gegnern zu rechnen hatte. Seine eigene Armee führte gerade mal siebzig Kamele mit.

Trotz der Übermacht der Gegner schliefen die Männer Muhammads, Friede und Segen auf ihn, gut. Gott schickte ihnen einen ruhigen Schlaf.

Am nächsten Morgen postierten sich die Quraisch oberhalb eines Hügels, um zu schauen, ob die Muslime Verstärkung hatten. Es war niemand da. Die Quraisch waren in deutlicher Übermacht.

Muhammad, Friede und Segen auf ihn, erhielt eine Botschaft von Gott, dass die Engel ihnen beistehen würden.

Hamza und Ali kämpften an vorderer Front. Es wurde mit Pfeil, Bogen und Schwertern gekämpft. Familienmitglieder kämpften gegeneinander. Innerhalb des Kampfes durchdrang mächtiges Gewieher durch die Menge, und Männer auf weißen Pferden in weißer Kleidung stießen dem Kampf hinzu. Die Quraisch waren so erschrocken dadurch, dass sie das Schlachtfeld fluchtartig verließen. Muhammads, Friede und Segen auf ihn, Armee verlor vierzehn Männer. Siebzig Männer wurden gefangen genommen und beinahe genauso viel getötet.

Muhammad, Friede und Segen auf ihn, Abu Bakr und Umar berieten sich, um das weitere Verfahren mit den Gefangenen; und so entschieden sie sich, alle gegen ein Lösegeld freizulassen.

Gott tadelte Muhammad, Friede und Segen auf ihn.

„Es steht keinem Propheten zu Gefangene zu haben, bis er (den Feind) überall im Land schwer nieder gekämpft hat. Ihr wollt Glückgüter des Diesseitigen, aber Allah will das Jenseits. Allah ist der Allmächtige, Allweise. Wenn nicht von Allah eine früher ergangene Bestimmung wäre, würde er euch für das, was ihr genommen habt, wahrlich gewaltige Strafe widerfahren."

(Quran 8:67-68)

Kurz bevor Muhammad, Friede und Segen auf ihn, wieder in Medina war, trafen auch die Gefangenen ein. Muhammad, Friede und Segen auf ihn, verteilte sie an die Gefährten und trug ihnen auf, sie gut zu behandeln und zu versorgen.

Nicht einmal sieben Tage nach der Schlacht von Badr starb Abu Lahab, zermartert vor Zorn und hitziger Leidenschaft wegen dem Sieg der Muslime, an Pocken. Nach seinem Tod wurde Abu Sufyan zum Führer der Quraisch erklärt.

Ali und Fatima heirateten. Ali tauschte für die Brautgabe Fatimas einen Schild auf dem Markt aus und bekam dafür 400 Dirham. Muhammad, Friede und Segen auf ihn, trug Ali auf, dafür etwas für ihren Hausstand zu kaufen. Ali kaufte dafür ein Bett, ein Kissen aus getrockneten Datttelpalmenblättern, ein Teller, ein Glas, einen Wassersack und einen Schleifstein. Man nannte Ali auch „Haidara" (der Löwe), und Fatima "Al Zahraa" (die Blume). Sie bekamen später drei Söhne. Al Hasan, Al Hussein und Muhsin. Muhsin starb, als er noch ein Kleinkind war. Und zwei Mädchen: Umm Kulthum und Zaynab.

Ali war einer der Schreiber Muhammads, Friede und Segen auf ihn. Er schrieb Teile aus dem Quran auf und versandte Briefe, die Muhammad, Friede und Segen auf ihn, für ihn diktierte.

Abu Sufyan verbot nach den Gefangenen zu fragen und um ihre

Freilassung zu bitten. Den Quraisch wurde verboten, um ihre Toten zu weinen.

Amr, der Sohn Abu Sufyans, war auch unter den Gefangenen. Abu Sufyan entführte einen alten schwachen Mann und er-presste ihn bei Muhammad, Friede und Segen auf ihn, gegen ihn aus. Muhammad, Friede und Segen auf ihn, gab Amr frei.

Zaynab schickte die Kette Chadidschas, um ihren Mann Abul-As Ibn Al Rabea freizukaufen. Muhammad, Friede und Segen auf ihn, erklärte Abul-As, er solle Zaynab erlauben, nach Medina zu reisen und ihre Tochter Umama mitzunehmen. Zaynab war zu diesem Zeitpunkt schwanger. Gemeinsam mit ihrem Schwager Kinana Ibn Al Rabea verließ sie Mekka. Als die Quraisch dies merkten, verfolgten sie beide. Habbar Ibn Al Aswad zielte mit einem Schwert auf Zaynab und ihre Tochter. Zaynabs Kamel erschrak, und sie fiel aus der Sänfte. Sie erlitte dabei eine Fehlgeburt.

Durch den Sieg in Badr kamen viele Menschen nach Medina. Da sie nicht mehr zurück in ihre Heimat konnten, teilte Muhammad, Friede und Segen auf ihn, mit ihnen sein Essen und gab ihnen als Unterkunft seine Moschee.

Abu Sufyan forderte die Götzendiener auf, die Toten zu rächen. Seine Frau Hind Bint Utba hetzte die Leute gegen Muhammad, Friede und Segen auf ihn, auf.

Einer muslimischen Frau wurde von einem Juden das Kopftuch vom Kopf gerissen, indem er es an einem Dorn an der Wand festband. Als sie aufstand, riss sich das Kopftuch runter und sie stand entblößt und beschämt da. Es begann ein großer Streit. Der Attentäter wurde getötet und der Mörder des Attentäters auch. Muhammad, Friede und Segen auf ihn, erinnerte an das Friedensabkommen, wurde aber verhöhnt. Die Sippe des Attentäters (Bani Qainuqa) wurde aus der Stadt verwiesen.

Nach einem Jahr packte Abu Sufyan der Gram über die Niederlage von Badr. Er ritt mit einem schwer bewaffneten Trupp aus, um sich zu rächen. In Al-Uraid tötete er einen von Muhammads, Friede und Segen auf ihn, Helfer (arab. Ansar) und einen Bundesgenossen. Als Muhammad, Friede und Segen auf ihn, dies erfuhr, ritt er ihnen nach.
Abu Sufyan bekam es mit der Angst und verließ das Feld fluchtartig. Er ließ den Weizenbrei einfach liegen.
Der Feldzug wurde später als der "Weizenbrei-Feldzug" (arab. Ghazwat Al Suwaiq) betitelt. Abu Sufyan dachte, er könnte mit dem Mord seinen Stolz wieder hesrstellen, erntete aber Spott.

Nach dieser Niederlage begehrten die Quraisch im Jahr 625 n.Chr. erneut einen Angriff auf Medina. Die Frauen sollten mit in den

Kampf ziehen.

Hind war mit dabei, um ihren in Badr getöteten Vater, zu rächen. Sie beauftragte Wahschi, einen abessinischen Krieger und Sklaven, Hamza umzubringen. Sie versprach ihm Freiheit und reichen Lohn.

Al Abbas Ibn Abdul Muttalib, der Onkel Muhammads, Friede und Segen auf ihn, schrieb einen Brief an Muhammad, Friede und Segen auf ihn, um ihm von dem Plan und der Gegnerzahl zu unterrichten.

Muhammad, Friede und Segen auf ihn, verließ als dann mit einer Armee von tausend Mann Medina (die Schlacht von Uhud; arab. Ghazwat Uhud). Sie übernachteten beim Berg "Uhud". Abdullah Ibn Salul, einer der Heuchler (arab. Munafik), zog Muhammad, Friede und Segen auf ihn, dreihundert Mann ab, um Unruhe zu stiften. Muhammad, Friede und Segen auf ihn, stellte fünfzig Schützen auf den Hang (Dschabal Al Rumah) und befahl ihnen erst zu kommen, wenn er sie um Hilfe rief.

Der Kampf begann.

Einige Gegner der Muslime trugen Banner. Es waren Todesbinden. Sie symbolisierten den Kampf ohne Aufgabe bis zum Tode. Abu Dudschana, ein Muslim, traf auf Hind. Ihm war aber ein Schlag auf eine Frau zu wider. Er erklärte, dass ein Schwert zu edel sei, um damit eine Frau zu töten.

Wahschi fand Hamza und schleuderte ihm von weitem einen Speer in den Unterleib. So starb Hamza "Der Löwe Allahs und Seines Gesandten" als "Der Herr der Märtyrer" in der Schlacht von Uhud. Hamza galt als einer der tapfersten Krieger.

Als die Muslime die Bannerträger getötet hatten, verließen die Mekkaner das Schlachtfeld. Dreitausend Reiter der Quraisch wurden bei dieser Schlacht von den Muslimen gesprengt.

Als die Männer auf dem Hügel das sahen, verließen sie ihren Stand, um aus Habgier nach der Beute zu greifen. Die Quraisch merkten dies und der Kampf begann erneut.

Muhammad, Friede und Segen auf ihn, wurde durch einen Stein verletzt und brach sich einen Schneidezahn ab. Er stürzte zu Boden. So breitete sich das Gerücht über seinen Tod aus.

Abu Bakr, Mus`ab Ibn Umair, Ali, Abu Dudschana, Saad Ibn Abi Waqqas und Umm Emara kämpften sich zu Muhammad, Friede und Segen auf ihn, vor. Mus ab Ibn Umair, der bereits den Beinamen "Al Chair" (der Vorzügliche) hatte, wurde als Bannerträger des Propheten getötet und starb ebenfalls als Märtyrer.

Abu Sufyan erklärte, dass es Verstümmelungen an den getöteten Muslimen gab. „Im nächsten Jahr ist der Treffpunkt in Badr", sagte er.

So fand Muhammad, Friede und Segen auf ihn, seinen Onkel Hamza getötet und mit offenem Bauch auf dem Schlachtfeld.

Hind hatte ihm die Leber herausgeschnitten, sie gekaut und ausgespien.

Gott entsandte für Muhammad, Friede und Segen auf ihn, dazu Koranverse, der ihn sehr beruhigte:

„Wenn ihr straft, so straft im gleichen Maße, mit dem ihr gestraft wurdet; und wenn ihr Geduld zeigt, so ist dies besser für die Geduldigen. Und gedulde dich und deine Geduld kommt nur von Allah, und betrüb dich nicht über sie und seid nicht bedrückt obdessen, was sie aushecken."

(Quran 16:126-127)

Es sind 70 Muslime als Märtyrer gefallen, sowohl Auswanderer als auch Helfer; und 22 Ungläubige der Kämpfer der Quraisch wurden getötet.

Umar Ibn Al Chattab suchte für seine Tochter Hafsa, die nach der Schlacht von Uhud zur Witwe wurde, einen Mann. Sie war lange Zeit deswegen in Trauer, und er konnte sich ihr Leid nicht mehr mit ansehen. Muhammad, Friede und Segen auf ihn, hatte sie bereits erwähnt, was Umar jedoch nicht ahnte.

So fragte er Abu Bakr, der ablehnte. Dann ging er zu Uthman Ibn

Affan. Uthman lehnte nach kurzer Bedenkzeit auch ab.

So ging Umar zu Muhammad, Friede und Segen auf ihn, um sich über Abu Bakr und Uthman zu beschweren.

Daraufhin erklärte Muhammad, Friede und Segen auf ihn, dass er gerne Hafsa heiraten wolle. Er wollte so Umar an seine Familie binden.

Umar war ihm ein guter Freund und Begleiter und kämpfte bereits in allen Schlachten mit.

Abu Bakr und Uthman wussten um Muhammads, Friede und Segen auf ihn, Vorhaben und gelobten ihm davor schon Stillschweigen zu halten. Darum lehnten sie das Ehegesuch ab.

Es wurde geheiratet.

Aischa und Sauda waren verständlich und einverstanden.

In folgender Zeit heiratete Muhammad, Friede und Segen auf ihn, Zainab Bint Chuzaima und danach auch Umm Salama.

Der Mann von Zainab Bint Chuzaima war in der Schlacht von Uhud als Märtyrer gefallen. Sie war von den ersten Muslimen, und war eine so gütige Frau, dass man sie Umm Al-Masakeen (Mutter der Bedürftigen) nennt. Als Belohnung für sie heiratete sie der Prophet. Sie starb aber zwei Monate nach der Ehe.

Umm Salama war auch von den ersten Muslimen, und von zwar

denjenigen, die früher nach Abessinien auswanderten. Als sie dann nach Medina auswandern wollte, ließen die Quraisch sie von ihrem Mann und ihrem Sohn lange trennen und verboten ihr, Mekka zu verlassen. Sie war aber eine standfeste Gläubige, und konnte ihrem Mann in Medina folgen, der kurz nach der Schlacht von Uhud in einer kleinen Schlacht als Märtyrer gefallen war.

Um einen Streit in dem jüdischen Stamm Bani An-Nadir zu schlichten, besuchte Muhammad, Friede und Segen auf ihn, diese.
Die Juden verabredeten von einem Dach aus, einen Stein auf ihn zu werfen. Amr Ibn Dschihasch erklärte sich dazu bereit. Abu Bakr, Ali und Umar begleiteten ihn zu dem Besuch. Der Engel Gabriel warnte Muhammad, Friede und Segen auf ihn, jedoch, so dass er von seinem Platz wegging.
Muhammad, Friede und Segen auf ihn, verwies die ganze Sippe mit ihrer Habe aus Medina. Sie gingen nach Chaibar (eine Festung bei Medina), wo sie weitere Pläne für Angriffe schmiedeten. Von dort aus reisten sie nach Mekka mit Stämmen der Juden und hetzten dort die Quraisch auf. Da Muhammad, Friede und Segen auf ihn, Kundschafter entsandte, die die Pläne der Nachbarstämme kontrollierten, erfuhr er bald von dem Vorhaben.
So kam es im Jahr 627 n.Chr., dass sich eine Streitmacht von zehntausend Mann Richtung Medina bewegte. Abu Sufyan führte

die Quraisch an. Die Sippe Bani Ghatafan wurden von Uyayna Ibn Hasin angeführt.

Salman der Perser schlug Muhammad, Friede und Segen auf ihn, vor, einen riesigen Graben, um die Stadt herum zu graben. Ursprünglich war Salman Feueranbeter, wurde dann aber Christ. Sein Vater sperrte ihn ein, als Salman ihm davon erzählte. Er floh nach Syrien und trat in den Dienst eines Bischofs. Kurz bevor der Bischof starb, erzählte er Salman von der Ankunft eines neuen Propheten in Arabien. Als Salman sich dann einer Handelsreise anschloss, um den Propheten aufzusuchen, wurde er versklavt. Nach der Schlacht von Uhud befreite Muhammad, Friede und Segen auf ihn, Salman, indem er ihm die Mittel zur Verfügung stellte, die Salman bei seinem Besitzer erfolgreich verhandeln konnte. Muhammad, Friede und Segen auf ihn, setzte 300 junge Dattelpflanzen und gab als Ersatz für die abgemachten vierzig Unzen Silber, ein hühnereigroßes Goldstück, welches er zuvor als Geschenk bekommen hatte.

Sie hatten eine Woche Zeit dazu, um den Graben auszuheben. Jeder half mit. Man nannte diese Schlacht auch "Die Grabenschlacht" (Ghazwat Al Chandaq; auch: Schlacht der Verbündeten, arab. Ghazwat Al Ahzab).

Um die Ernte zu sichern, holten sie den gesamten Feldertrag ein. Da es auch hohe Mauern und Felsen gab, konnten sie einige Teile aussparen. Zwei große Felsen zerbrach Muhammad, Friede und Segen auf ihn, indem er ihn mit Wasser besprengte und ihn dann mit einer Hacke bearbeitete.

Er sprach dabei Gebete um Gott, um Hilfe zu bitten.

Muhammad, Friede und Segen auf ihn, richtete sich mit dreitausend Leuten ein Lager vor der Stadt ein. Kinder und Frauen blieben in der Festung.

Als Abu Sufyan, Chalid Ibn Al Waleed, Ikrima Ibn Abi Dschahl und Amr Ibn Al-As anreiteten, waren sie froh, dass das Lager vor der Stadt und nicht hinter ihnen zu sehen war. Kurz darauf erblickten sie den Graben. Pfeile wurden auf sie geschossen und sie mussten zurück weichen. Die jüdische Sippe Bani Qurayda blockierten – laut des Vertrages mit dem Propheten – den Eingang der Stadt.

Ein Mann der Bani An-Nadir überredete sie allerdings das Tor zu öffnen. Sie versprachen reiche Beute und Vorteile.

So wurde der Vertrag von Medina von den Juden gebrochen.

Fast einen Monat harrte der Prophet mit seinen Gefährten vor der Mauer aus. Einige Männer erreichten doch den Graben und erklommen ihn mühsam.

Die Bani Qurayda griffen innerhalb der Festung die Frauen an. Safiya Bint Abdul Muttalib, Muhammads, Friede und Segen auf ihn, Tante, war auch dort. Sie kämpfte bereits in Uhud mit. Sie tötete mit einem Zeilpfahl einen der Männer. Die Bani Qurayda dachten daher, dass Männer in der Festung waren.

Nu`aim Ibn Masud, der heimlich Muslim geworden war, aber noch mit den Gegnern kämpfte, ging zu Muhammad, Friede und Segen auf ihn, um ihm seine Hilfe anzubieten. Muhammad, Friede und Segen auf ihn, schickte ihn aus, um durch Gerede Zwietracht unter den Gegnern zu säen.

Zu Abu Sufyan sagte Nu`aim, dass die Bani Qurayda ihren Verrat erkannt und bereut haben. Sie bekundeten die Treue zu Muhammad, Friede und Segen auf ihn, und er verzieh ihnen. Sie beteuerten, mit ihm weiter kämpfen zu wollen.

Bei den Quraisch und den Bani Chatafan versuchte Nu`aim eine Heimatver-bundenheit zu schüren und erklärte, dass es für Abu Sufyan egal wäre, da er sowieso nach Mekka zurückreisen würde. Sie sollten einige Quraisch zur Sicherheit da lassen, um sie zu zwingen, das Feld nicht zu verlassen.

Beide Parteien hielten die Rede Nu`aims für wahr. So dass sich keiner mehr der gemeinsamen Ausführung ihres Vorhabens sicher war.

Da es nachts bitterkalt wurde, zog Abu Sufyan als erstes ab. Die Bani Chatafan verließen auch das Feld.

Der Prophet erlaubte jedem seiner Männer nach Hause zu gehen.

Als Muhammad, Friede und Segen auf ihn, zu Hause war, besuchte ihn der Engel Gabriel. Er befahl Muhammad, Friede und Segen auf ihn, zu den Bani Qurayda zu gehen. Muhammad, Friede und Segen auf ihn, schickte Ali mit einer islamischen Fahne voran, damit die Männer ihm folgen sollten. Das Nachmittagsgebet sollte bis zu ihrer Ankunft verschoben werden.

Die Bani Qurayda wurden fünfundzwanzig Tage belagert. Amr Ibn Suda sollte wegen seiner Treue gerettet werden, erklärte der Prophet. Die Bani Qurayda begriffen ihren Verrat. Muhammad, Friede und Segen auf ihn, beauftragte Saad Ibn Mu`adh, den Anführer der arabischen Sippe Aws in Medina, das Urteil dafür festzulegen. So wurden die Männer der Bani Qurayda wegen ihres Verrats hingerichtet, die Kinder und Frauen gefangen genommen und der Besitz aufgeteilt.

In diesem Jahr heiratete Muhammad, Friede und Segen auf ihn, Zainab Bint Dschahsch. Sie war auch von den ersten Muslimen. Sie war seine Kusine und die Ehefrau seines Adoptivsohnes Zaid. Als der Islam die Adoption abschaffte, heiratete der Prophet sie aus direktem Befehl von Allah nach ihrer Scheidung von Zaid, damit die Adoption auch gesellschaftlich abge-schafft wird. Anstatt der Adoption gibt es nun Ziehkinder, die auch Waisenkinder sein können, die man als Elternvertretung aufzieht, jedoch ist es verboten, sie als eigene Kinder zu erklären.

Da die Muslime bereits kampferprobt waren, waren sie vorbereitet und konnten die Gegend um Medina gut beschützen.

Ein Trupp brachte nun nach einer Reise einen Gefangenen mit. Sein Name war Thumama Ibn Athaal. Nach einiger Zeit des Überlegens ließ Muhammad, Friede und Segen auf ihn, ihn frei. Thumama nahm den Islam an und reiste zurück nach Mekka, um die Besuchsfahrt (arab. Umra) zu vollziehen. Er wurde dort als Ungläubiger beschimpft und festgenommen. Kurz danach ließen die Quraisch ihn frei, da er drohte ihnen keinen Weizen mehr zu verkaufen. Zurück in seiner Heimat Yamama erteilte er dann den Befehl dazu. Die Quraisch schickten daraufhin einen Brief an Muhammad, Friede und Segen auf ihn, um ihn daran zu erinnern, verwandt zu sein und baten um Barmherzigkeit.

Abul-As, der Mann Zaynabs, kam mit Handelsgütern zurück aus Ash-Sham. In der Nähe von Medina wurden die Waren beschlagnahmt und die meisten Männer gefangen genommen. Abul-As gelang die Flucht.

Da er wusste, dass seine Frau in Medina war, besuchte er sie und seine Tochter Umama. Abul-As war kein Muslim. Die Muslime versprachen ihm, wenn er den Islam annahm, dass sie ihm die Handels-güter der Quraisch geben würden. Er sagt aber, er wolle seinen Glauben an den Islam nicht mit der Vermutung der

Veruntreuung beginnen.

Abul-As reiste zurück nach Mekka. Dort angekommen, gab er alle Güter den Eigentümern zurück. Er befragte sie um ihre Zufriedenheit seiner Ehrlichkeit. Die Quraisch bestätigten dies gerne. So nahm Abul-As den Islam an. Er war froh, denn er hatte Angst, in Medina den Glauben anzunehmen, da er befürchtete deswegen, in Mekka als unehrlich zu gelten.

Abul-As reiste zurück nach Medina. Zaynab und Umama waren sehr froh, dass er wieder zu Hause war. Muhammad, Friede und Segen auf ihn, liebte Umama sehr.

Der Prophet lehrte einen Tag die Frauen den Islam; die anderen Tage unterrichtete er die Männer. Er erteilte den Frauen Rechte, behandelte sie vorbildlich, freundlich und respektvoll.

Zwangsehen wurden verboten und aufgehoben.

Zeitgleich, als der Prophet wieder erlaubte, Waren nach Mekka zu verkaufen, planten die jüdische Sippe Bani Al Mustaliq einen Angriff auf Medina. Als Muhammad, Friede und Segen auf ihn, in ihr Lager reiste, gaben sie sofort auf. Einige von den Heuchlern versuchten Zwietracht zu säen. Als Zaid Muhammad, Friede und Segen auf ihn, davon erzählte, erteilte er den Befehl sofort abzureisen. Aischa und Umm Salama, die Gattinnen des Propheten, waren auch dabei.

Unterwegs verlor Aischa ihre Halskette, sodass sie zurück blieb.

Safwan Ibn Muattal vom Stamm der Salm, der auch zurück blieb, brachte Aischa nach Medina zurück. Niemand hatte Aischa vermisst. Als die Leute aber Safwan mit Aischa sahen, begannen sie über sie Lügen zu erzählen. Aus Boshaftigkeit verbreiteten einige Heuchler das Gerücht „Aischa wäre mit einem fremden Mann zurück geblieben".

Da Aischa erkrankte, erfuhr sie erst später davon. Sie war sehr traurig und verletzt. Sie liebte den Propheten, ihren Mann und besten Freund ihres Vaters, zu sehr. Und sie war vor allem eine sehr gläubige und reine Frau. Niemals würde sie so etwas tun.

Gott sandte daraufhin eine Botschaft, in der er Seinen Zorn über die Angelegenheit erklärte. Er bekundete, dass es niemandem zusteht, über einer ehrenwerten Frau das Wort zu erheben und sie zu verleumden. Gott sprach eine Mahnung aus, dies nie wieder zu tun.

„Diejenigen, die die ungeheuerliche Lüge vorgebracht haben, sind eine (gewisse) Schar von euch. Meint nicht, es sei schlecht für euch; nein! Vielmehr ist es gut für euch. Jedermann von ihnen wird zuteil, was er an Sünde erworben hat. Und für denjenigen unter ihnen, der den Hauptanteil daran auf sich genommen hat, wird es gewaltige Strafe geben. Hätten doch, als ihr es hörtet, die gläubigen Männer und Frauen eine gute Meinung voneinander gehabt und *gesagt: "Das ist deutlich eine ungeheuer-liche Lüge!" Hätten sie doch darüber vier Zeugen beigebracht! Da sie aber die Zeugen nicht beigebracht haben, so sind diese bei Allah die Lügner. Und ohne Allahs Huld gegen euch und Seine Barmherzigkeit im Diesseits und Jenseits würde euch für das, worin ihr euch (ausgiebig) ausgelassen habt, gewaltige Strafe widerfahren, als ihr es mit euren Zungen aufgegriffen und mit euren Mündern das gesagt habt, wovon ihr kein Wissen hattet, und es für eine leichte Sache gehalten habt, während es bei Allah eine ungeheuerliche Sache ist. Und hättet ihr doch, als ihr es hörtet, gesagt: "Es steht uns nicht zu, darüber zu sprechen. Preis sei Dir! Das ist eine gewaltige Verleumdung"! Allah ermahnt euch, niemals wieder dergleichen zu tun, wenn ihr gläubig seid.* **(Quran 24:11-17)**

Abu Bakr, der Mistah Ibn Athatha – einen der Verschwörer – kannte, schwor, ihm nie wieder einen Gefallen zu tun oder ihm etwas zu geben. Gott tadelte Abu Bakr.

"Und es sollen diejenigen von euch, die Überfluss und Wohlstand besitzen, nicht schwören, sie würden den Verwandten, den Armen und denjenigen, die auf Allahs Weg ausgewandert sind, nichts mehr geben, sondern sie sollen verzeihen und nachsichtig sein. Liebt ihr es (selbst) nicht, dass Allah euch vergibt?

Allah ist Allvergebend und Barmherzig."
(Quran 24:22)

Juwayriyya Bint Al-Harith, die Tochter des Führers von Bani Al Mustaliq, war unter den Gefangenen, und wollte sich loskaufen. Muhammad, Friede und Segen auf ihn, sagte zu, stellte ihr aber – aus weisem Grund – einen Heiratsantrag. Sie bejahte sofort und nahm auch freiwillig den Islam an. Als die Muslime wussten, dass Juwayriyya jetzt eine Mutter der Gläubigen geworden ist, ließen sie aus Hochschätzung alle jüdischen Gefangenen der Sippe Bani Al Mustaliq frei. So war sie eine gesegnete Frau für ihre ganze Familie und Verwandte, wozu der Prophet gezielt hat.

Aufgrund eines Traumes fasste Muhammad, Friede und Segen auf ihn, im Jahr 628 n.Chr. den Entschluss, für eine Umra (Besuchsfahrt) nach Mekka zu reisen. Er kaufte siebzig Kamele, um sie im Namen Allahs zu schlachten und an Bedürftige zu verteilen.
Er reiste mit seinen 700 Gefährten unbewaffnet, zog sich ein Tuch um den Unterleib und ein Tuch über die Schulter. Er wollte den Mekkanern so seine friedliche Absicht anzeigen.
Die Quraisch waren jedoch vorsichtig und schickten den Muslimen ein Heer entgegen. Sie wollten ihm den Eintritt in die Stadt verweigern.

Muhammad, Friede und Segen auf ihn, reiste einen Umweg und machte Rast an einem Ort bei Mekka namens Al Hudaibiya.

Ein Mann von den Quraisch kam ihn dort besuchen und fragte ihn nach seinen Vorhaben. Der Prophet erklärte in Frieden zu reisen und sagte, er wäre in der Absicht gekommen, die Kaaba zu besuchen.

Es folgten weitere Männer, die sich erkundigen wollten. Sie sahen, wie sehr er von seinen Anhängern umgarnt wurde. Muhammad, Friede und Segen auf ihn, war königlich, jedoch niemals majestätisch.

Als es Überfälle auf das Lager des Propheten gab, nahm Muhammad, Friede und Segen auf ihn, die Angreifer gefangen, ließ sie aber, mit dem Aufruf um Frieden, sofort wieder frei.

Muhammad, Friede und Segen auf ihn, schickte Charrasch Ibn Umayya, dann Uthman Ibn Affan zu den Führern der Quraisch. Sie sollten ein Friedensangebot übermitteln. Uthman wurde erlaubt die Kaaba zu umrunden, lehnte es aber, ohne Begleitung des Propheten, ab.

Die Quraisch schickten Suhail Ibn Amr, um mit Muhammad, Friede und Segen auf ihn, einen Friedensvertrag abzuschließen. Unter der Bedingung, dass er für dieses Jahr den Besuch abbrach und im darauf folgenden Jahr wiederkommt. Nach weiteren, langen Verhandlungen stellte man schließlich einen Vertrag auf:

Der Vertrag von Al Hudaibiya

- Frieden auf zehn Jahre -

- Die Muslime müssen dieses Mal Mekka unverrichteter Dinge verlassen, dürfen jedoch im folgenden Jahr für drei Tage in Mekka einziehen, um eine Umra zu verrichten.

- Allen Stämmen wird freigestellt, sich für ein Bündnis mit Muhammad oder den Quraisch zu entscheiden.

- Die Muslime verpflichten sich, Überläufer aus Mekka, die ohne Erlaubnis ihres Vormundes nach Medina kommen, auszuliefern, selbst wenn sie Muslime sein sollen. Für die Mekkaner gibt es keine entsprechende Verpflichtung.

Der Prophet ordnete auf weisen Rat seiner Frau Umm Salama an, die Kamele zu schlachten und sich die Köpfe kahl zu rasieren. Danach reiste er zurück nach Medina

In der Mitte des Weges erhielt er von Gott eine Botschaft: *„Gewiss wir haben dir einen deutlichen Sieg verliehen".* **(Quran: 48:1)**. Umar war sehr erleichtert über diese Worte, da er es für absurd hielt, einen Vertrag mit den Quraisch einzugehen.

In der nächsten Zeit nahmen viele Quraisch den Islam an. Da sie nicht ausreisen durften, behinderten sie Handelskarawanen.

Ein Muslim namens Abu Busair, gelang die Flucht nach Medina. Muhammad, Friede und Segen auf ihn, musste ihn jedoch – laut des Vertrages – zurück schicken. Er wurde von zwei Mekkanern zurückgeholt, konnte aber erneut fliehen.

Er ließ sich an der Küste des Roten Meeres in der Nähe von Ash-Sham nieder. Viele Menschen teilten das Schicksal Abu Busairs und siedelten sich mit dort an. Es waren an die siebzig Mann. Da sie sich außerhalb der Friedensregion befanden, galt für sie der Friedensvertrag nicht. So überfielen sie Karawanen, um überleben zu können.

Um dies zu beenden, baten die Quraisch Muhammad, Friede und Segen auf ihn, die Muslime aus Ash-Sham aufzunehmen. Die erste Hürde war überwunden. Viele Quraisch reisten frei nach Medina und wurden Muslime.

Amr Bin Al-As, einer der Führer der Quraisch, hatte die Idee zum König von Abessinien zu reisen. Er dachte sich, würde

Muhammad, Friede und Segen auf ihn, über sein Volk siegen, würde er einfach dort bleiben oder andernfalls nach Mekka zurückkehren.

Er packte Geschenke für den König ein und reiste los.

Als er dort ankam, sah er einen Boten des Propheten das Schloss verlassen. Nachdem Amr dem König die Geschenke gegeben hatte, bat er ihn, ihm den Boten auszuliefern. Der König war bereits ein Muslim und wurde sehr wütend. Er erklärte Amr die Überzeugung seines Glaubens an den Gesandten, und sagte, er ist genauso wie Moses und Jesus ein Prophet. Er bat Amr ihm zu folgen und erklärte einer von ihnen zu sein.

Daraufhin nahm Amr den Islam an und verließ Abessinien mit einem Schiff.

Inzwischen schickte der Prophet Friedensboten mit der Einladung zum Islam nach Persien, Byzanz und Syriern.

Ein Brief ging auch nach Ägypten zu dem Herrscher der Kopten Muqawqis. Er wusste, dass Muhammad, Friede und Segen auf ihn, ein Prophet ist, lehnte die Einladung jedoch mit einem Schreiben ab.

Muqawqis schrieb: „Dein Bote hat mich bereits erreicht, und ich habe Dein Schreiben gelesen, und verstanden, was darin steht. Ich dachte, dass der letzte Prophet aus Großsyrien kommt. Ich schicke

Dir ein Geschenk. Es sind zwanzig Stück ägyptische Stoffe, Honig aus Banha und zwei Sklavinnen, Maria und Sirin, die große Stellung bei uns haben, und ich schenke Dir ein Reittier."

Beide Frauen waren christliche Sklavinnen. Die Schwestern nahmen den Islam an, als sie bei Muhammad, Friede und Segen auf ihn, in Medina eintrafen.

Muhammad, Friede und Segen auf ihn, heiratete Maria. Aus dieser Ehe entstand ein Sohn namens Ibrahim nach dem gleichnamigen Propheten der Juden und der Christen. Maria die Koptin lebte als einzige Frau Muhammads, Friede und Segen auf ihn, außerhalb von Medina nahe einer Obstplantage in Al-Awali. Durch die Heirat verschwägerte sich Muhammad, Friede und Segen auf ihn, mit Ägypten.

Die Boten nach Syrien und Byzanz wurden umgebracht.
Um dieses tückische Geschehnis zu ahnden, schickte der Prophet eine dreitausend Mann starke Armee nach Syrien. Bei Mu´ta kam es zum Kampf gegen einhunderttausend Mann. Chalid Ibn Al Waleed führte tapfer die Muslime, nachdem er auch den Islam angenommen hatte. Den Muslimen gelang der Rückzug, sodass keiner der Parteien als Sieger aus der Schlacht hervorging.

Der Islam begann sich im Irak und Ash-Sham auszubreiten. An der syrischen Grenze kam es erneut zum Kampf. Amr Bin Al-As konnte dem schnell ein Ende setzen.

Als ein Bote nach Syrien, Heraklios, den Kaiser von Byzanz, erreichte, verlangte dieser Beweise für die Prophetie Muhammads, Friede und Segen auf ihn. So wurde ihm erzählt, dass Muhammad, Friede und Segen auf ihn, einer von den edlen Leuten der Quraisch war, ein einfacher Mann war, immer die Wahrheit sagte, seine Abmachungen hielt und dass die Menschen, die ihm zuerst folgten, Schwache, Arme und Sklaven waren. Er trug den Menschen auf, an einen einzigen Gott zu glauben, zu beten und zu fasten, ihre Familie zu ehren und keusch zu sein.
Heraklios war überzeugt, dass Muhammad, Friede und Segen auf ihn, ein Prophet war.

Umm Habiba, die Tochter des Führers Quraischs, Abu Sufyan, war eine Muslima. Sie war von den ersten Muslimen, die früher nach Abessinien auswanderten. Ihr Mann bekehrte sich aber in Abessinien zum Christentum. Da sie auf keinen Fall zu ihrem Vater oder ihrer Familie in Mekka zurückkehren konnte, musste sie alleine und hilflos in Abessinien bleiben. Sie blieb aber standhaft, bis die Belohnung Allahs kam: Der Prophet heiratete sie. Durch König Nadaschschi ließ der Prophet sich im Heiratsantrag vertreten, und Umm Habiba wurde eine Mutter der Gläubigen.

<u>Im Jahr 629 n.Chr.</u> planten die Bani An-Nadir und die Bani Qaynuqa, die damals von Muhammad, Friede und Segen auf ihn, aus Medina vertrieben wurden und nun in Chaibar wohnten, erneut einen Anschlag auf den Propheten. Sie waren uneinsichtig dem Friedensvertrag und wollten die Vormachtstellung der Muslime verhindern.

Die Muslime kamen ihnen jedoch zuvor und ritten mit tausendfünfhundert Mann zur Festung von Chaibar. Es gelang ihnen die Einnahme der Stadt und der Festung. Chaibar wurde unter muslimische Herrschaft gestellt. Die jüdischen Stämme wurden begnadigt und freigelassen.

Nicht lange danach heiratete Muhammad, Friede und Segen auf ihn, Safiya, die Tochter ihres Führers Huyayy Ibn Achtap. Sie hatte Verletzungen von den Schlägen ihres jüdischen Ex-Mannes im Gesicht. Muhammad, Friede und Segen auf ihn, bot ihr die Freilassung an oder mit den Muslimen zu gehen. Sie entschied sich freiwillig für Muhammad, Friede und Segen auf ihn, und eine Ehe mit ihm.

Muhammad, Friede und Segen auf ihn, ritt mit zweitausend

Gefährten erneut nach Mekka, um die Umra (Besuchsfahrt) zu vollziehen. Die Mekkaner kletterten auf den Berg Abu Qubays und beobachteten von dort aus die Kaaba.

Zuerst umrundete Muhammad, Friede und Segen auf ihn, die Kaaba, danach ging er zwischen den Hügeln Safa und Marwa siebenmal hin und her, dann schlachtete er die Opfertiere und ließ sich den Kopf rasieren.

Sie blieben drei Tage in Mekka. Al Abbas, der Onkel Muhammads, Friede und Segen auf ihn, ließ sich öffentlich mit ihm sehen.

Auf dem Rückweg heiratete Muhammad, Friede und Segen auf ihn, Maimuna Bint Al-Harith. Sie war eine alte Frau, und auch von den ersten Muslimen. Sie war die Tante von Abdullah Ibn Abbas und Chalid Ibn Al-Waleed. Ihre Ehe mit dem Propheten war auch als Belohnung für sie.

Aufgrund des Vertrages von Al Hudaibiya kam es im Jahr 630 n.Chr. zu vielen unterschiedlichen Abkommen zwischen den Stämmen. Einige Quraisch waren jedoch gegen diesen Vertrag. Sie griffen die Verbündeten der Muslime an. Zwanzig Männer kamen dabei um. So wurde der Vertrag gebrochen und die heilige Stätte entweiht.

Amr Ibn Salim ritt daraufhin zu Muhammad, Friede und Segen auf ihn, um ihm davon zu berichten. Der Prophet erklärte, dass Abu Sufyan den Vertrag erneuern würde. Abu Sufyan ritt derweil schon nach Medina. Er besuchte zuerst seine Tochter Umm Habiba, die eine Ehefrau Muhammads, Friede und Segen auf ihn, war. Sie verweigerte ihm jedoch die Hilfe. So erkannte er, dass der Friedensvertrag bereits aufgehoben war.

Nun ritt er zum Propheten, von dem er keine Antwort bekam. Er bat Abu Bakr und Umar um Hilfe, sich für ihn beim Propheten einzusetzen. Beide verweigerten sich. Auch Ali und seine Frau Fatima wollten ihm nicht helfen.

So ritt er nach Mekka ohne Ergebnis zurück. Er wurde von den Quraisch getadelt und man machte sich über ihn lächerlich.

Damit Frieden wieder herrschte, beschloss Muhammad, Friede und Segen auf ihn, nach Mekka zu ziehen. Aischa bereitete die Rüstung ihres Mannes vor, schwieg über das Vorhaben jedoch gegenüber ihrem Vater.

Muhammad, Friede und Segen auf ihn, befahl seinen Männern, sich vorzubereiten und Stillschweigen darüber zu halten.

Ein Muslim namens Hatip Ibn Abi Baltaa schickte heimlich mit einer nach Mekka reisenden Frau einen Brief an die Quraisch. Er wollte sie warnen und erhoffte sich dadurch, seine Frau und die

Kinder damit zu schützen.

Der Engel Gabriel warnte Muhammad, Friede und Segen auf ihn. Er schickte Ali und Al Zubair Ibn Al Awwaam, ihr nachzureiten. Als sie nur drohten, die Frau zu durchsuchen, gab sie den Brief freiwillig heraus. Sie hatte ihn unter ihrem Haar versteckt.

Umar wollte Hatip dafür den Kopf abschlagen, Muhammad, Friede und Segen auf ihn, verzieh ihm aber.

Muhammad, Friede und Segen auf ihn, ritt los. Unterwegs traf er seinen Onkel Al Abbas mit seiner Frau und den Kindern. Sie wollten endlich auch nach Medina auswandern, schlossen sich aber dem Trupp Muhammads, Friede und Segen auf ihn, an.

Kurz bevor sie Mekka erreichten, waren sie eine Armee von zehntausend Mann. Umm Salama und Umm Kulthum begleitete ihn auf seiner Reise. Unterwegs traf er seinen Vetter Abu Sufyan Ibn Al Harith und Abdullah Ibn Umayya. Beide nahmen den Islam an. Sie rasteten am Ort namens Murr Adhahran in der Nähe Mekkas und zündeten dort ein Lagerfeuer an.

Abu Sufyan, der Führer von Quraisch, ritt vor die Tore Mekkas und sah die gewaltigste Streitmacht, die er je gesehen hatte, und ging weiter an Umars Lagerfeuer vorbei. Umar und Al Abbas machten sich sofort zum Propheten auf, und berichteten ihm davon.

Abu Sufyan übernachtete bei Al Abbas und ging gleich am frühen Morgen zum Propheten. Muhammad, Friede und Segen auf ihn, erklärte ihm, dass es an der Zeit war zu bezeugen, dass es nur einen Gott gibt. Daraufhin sprach Abu Sufyan den Treueid aus und gelobte seine große Liebe zum Propheten. Er wurde ihm wichtiger als seine Eltern. Er liebte ihn aufgrund seiner Güte und seiner Milde, und Großzügigkeit und Liebenswürdigkeit.

Al Abbas bat den Propheten für ihn einzustehen. So erklärte er das Haus Abu Sufyans für sicher. Jeder, der in seinem Haus blieb, war sicher; und jeder, der sich bei der Kaaba aufhielt, war sicher.

Hind geriet außer sich, als sie sah, dass die Armee von Muhammad, Friede und Segen auf ihn, in Mekka einmarschierte. Muhammad, Friede und Segen auf ihn, befehligte dem Heer, von allen Seiten in die Stadt einzudringen. Er selbst nahm den direkten Weg Richtung Kaaba. Nur wenige Ungläubige stellten sich ihm in den Weg, die im Kampf umkamen. Andere flohen und versteckten sich in ihren Häusern.

Nachdem sich die Lage etwas beruhigte, umschritt Muhammad, Friede und Segen auf ihn, die Kaaba. Dabei zerstörte er an die dreihundertsechzig Götzen. Er sprach: *„Die Wahrheit ist gekommen und das Falsche geht hin; das Falsche ist ja dazu da, um hinzugehen."* **(Quran 17:81)**

Danach ließ er sich von Uthman Ibn Talha die Schlüssel zur Kaaba geben, und zerstörte innen auch alle Götzen. Später gab er ihm den Schlüssel zurück, da die Sippe Uthmans immer schon die Kaaba beschützte. Ali bat Muhammad, Friede und Segen auf ihn, um die Aufgabe der Pilgerbewirtung (arab. Siqaya).

Abu Bakrs blinder Vater (Abu Quhafa) kam zu Muhammad, Friede und Segen auf ihn, um den Islam anzunehmen, Bilal rief von der Kaaba aus den Gebetsruf aus.

Alle Mekkaner nahmen den Islam an. Unter ihnen auch Hind. Zuvor baten sie Muhammad, Friede und Segen auf ihn, für ihre vorausgegangenen Taten um Verzeihung. Muhammad, Friede und Segen auf ihn, verzieh ihnen.

Zurück in Medina erkrankte Umm Kulthum und starb.

Uthman war zum zweiten Mal Witwer geworden. Er hatte Umm Kulthum gepflegt, um ihr Leiden zu erleichtern.

Kurz danach starb auch Zaynab. Sie hatte die Verletzungen von der Fehlgeburt nie überwunden. So blieb Muhammad, Friede und Segen auf ihn, nur eine einzige Tochter. Fatima.

Einige Männer aus den Stämmen der Thaqeef und Hawazen wollten sich jedoch als Hüter der Götzenreligion aufstellen. Das Heer des Propheten machte sich mit zwölftausend Mann auf, und so kam es zur "Schlacht von Hunain" (Ghazwat Hunain) in der Stadt Taif.

Nach heftigen Kampf und der Belagerung der Stadt Taif, siegte die

Armee Muhammads, Friede und Segen auf ihn. Weitere Quraisch nahmen den Islam an. Sklaven wurden befreit und erklärten ihren Glauben zum Islam.

Auch Wahschi, der Mörder Hamzas, nahm den Islam an. Muhammad, Friede und Segen auf ihn, verzieh ihm, bat ihn jedoch, aus seinen Augen zu gehen.

Von Al Dscharana ritt Muhammad, Friede und Segen auf ihn, nach Mekka, um die Umra zu vollziehen. Danach reiste er zurück nach Medina.

In Tabuk sollte der letzte Kampf stattfinden. Die Byzantiner verloren jedoch den Mut, als sie die Armee Muhammads, Friede und Segen auf ihn, sahen. So blieb allen der Kampf in großer Hitze erspart.

Kurz danach wurde Ibrahim, der Sohn Muhammads, Friede und Segen auf ihn, sehr krank. Es war absehbar, dass er sterben würde. Der Kleine war noch nicht einmal zwei Jahre alt und Muhammad, Friede und Segen auf ihn, war sehr traurig, zumal er seine ersten beiden Söhne schon früh verloren hatte. Dieses Ereignis wurde von einer Sonnenfinsternis begleitet. Jeder brachte sofort den Tod des kleinen Jungen damit in Verbindung. Muhammad, Friede und Segen auf ihn, sagte aber: „Wahrlich, die Sonne und der Mond werden nicht finster wegen dem Tod eines Menschen. Wenn ihr so etwas erlebt, dann betet und bittet, bis dies vorüber ist."

Im zehnten Jahr nach der Auswanderung beschloss Muhammad, Friede und Segen auf ihn, das letzte Mal nach Mekka zu reisen, um die große Pilgerfahrt (arab. Hadsch) anzutreten.

Dreißigtausend Mann begleiteten Muhammad, Friede und Segen auf ihn, mit ihren Familien. Auch Aischa war mit dabei. Muhammad, Friede und Segen auf ihn, vollzog die Pilgerriten in Mekka, verbrachte drei Tage in Mina und ritt schließlich zur Ebene Arafa.

Hier hielt er seine Abschiedspredigt:

"Bitte denkt daran, dass ich vielleicht nicht wieder hierher zurückkomme. Euer Besitz und Euer Blut sind unantastbar. Vergesst nicht, eines Tages werdet ihr Allah gegenüber stehen.

Der Zins ist verboten, sowie die Blutrache. Kein Volk steht über einem anderen Volk; kein Weißer ist besser als ein Schwarzer.

Die Frauen haben ein gewisses Recht über den Männern und die Männer haben ein gewisses Recht über die Frauen, behandelt die Frauen gütig.

Schulden müssen zurück bezahlt werden und Geliehenes zurückgegeben werden. Das Pfand soll dem zurückgegeben werden, von dem es euch anvertraut wurde.

Kein Vater trägt die Schuld seines Sohnes; kein Sohn trägt die Schuld seines Vaters. Die Muslime sind untereinander Brüder. Nichts was dem Bruder gehört, ist Euch erlaubt, es sei denn, er gibt es freiwillig. Haltet fest an dem Buch Allahs und an meiner Sunna. Und vergesst nicht allen von dieser Rede zu erzählen."

Danach zitierte er einen Satz der Offenbarung:

„Heute habe ich euren Glauben für euch vollendet und habe meine Gnade an euch erfüllt. Und es ist mein Wille, dass der Islam zu eurer Religion wird." (Quran 5:3)

Er steinigte symbolisch den Teufel und ließ sich das Haar scheren.

Muhammad, Friede und Segen auf ihn, reiste zurück nach Medina. Zwei Monate später erkrankte er und bereits nach elf Tagen war er zu schwach, das Gebet zu führen. So bat er Abu Bakr, dies zu übernehmen.

In dieser letzten Zeit war er am liebsten mit Aischa zusammen. Fatima und seine Ehefrauen besuchten ihn auch sehr oft. Muhammad, Friede und Segen auf ihn, flüsterte Fatima leise zu, dass der Engel Gabriel ihm jedes Jahr den Quran einmal vorlas, es dieses Jahr aber zweimal tat. Er sagte, dass es bedeutet, dass er bald sterben würde. Aber er hatte auch eine gute Nachricht für Fatima. Er sagte, sie würde als erstes nach ihm ins Jenseits eintreten. Fatima weinte zuerst und schaute ihn dann lächelnd und voller Liebe und Zufriedenheit an.

Ein paar Tage vor seinem Tod schaffte er es noch einmal, mit Abu Bakr in seiner Moschee zu beten.

Muhammad, Friede und Segen auf ihn, starb in den Armen Aischas im Jahr 632 n. Chr. Als Abu Bakr die Gemeinschaft in der Prophetenmoschee davon unterrichtete, zitierte er folgendes: *„Und Muhammad ist nur ein Gesandter, dem schon Gesandte vorausgegangen sind. Wenn er nun stirbt oder getötet wird, werdet ihr Euch dann von den Fersen umkehren? Und wer sich auf den Fersen umkehrt, wird Allah keinerlei Schaden zu fügen. Aber Allah wird es den Dankbaren vergelten."* **(Quran 3:144).**

Er sagte: „Oh Ihr Menschen, wer Muhammad verehrt hat, der wisse, Muhammad ist nun gestorben; und wer auch immer Allah gedient hat, der wisse, Allah lebt! Allah ist der Lebendige und stirbt nicht!"

Muhammad, Friede und Segen auf ihn, wurde in seinem Haus, neben seiner Moschee zwei Tage später begraben. Fatima starb etwa sechs Monate danach.

Nachwort

Der Prophet hinterließ nach seinem Tod zwei Grundlagen. Das waren zum einen der Quran und zum anderen seine Sunna, seine Worte und Taten und stillschweigenden Billigungen. Alles, was er besaß, kam der Allgemeinheit zu Gute. Propheten haben nie je den Menschen etwas hinterlassen. Aus diesem Grund gab es auch kein Testament von ihm, gleichwohl er dieses den Menschen zur Pflicht aufgab.

Den Quran, das wahre Wort Gottes, gab es zu seiner Zeit noch nicht als Buch, sondern alles wurde auf verschiedenen Materialien festgehalten und auswendig gelernt. Der Prophet selber, legte bereits zu Lebzeiten die Anordnung der Verse fest. Viele Menschen kannten den Quran auswendig.

So sind der Quran und die Sunna das Leitbild der Muslime. Sie sind zur gleichzeitigen Verfügung an alle Menschen,- auch den Andersgläubigen -, wobei der Quran zu bestimmten Anlässen seines Lebens, innerhalb von 23 Jahren, herab gesandt wurde. Die Sunna ist ausführlicher als der Quran und bestätigt und erweitert ihn.

Manchmal ging es um Glaubensangelegenheiten, Gesetze, Prophetengeschichten als Bestätigung der vorangegangenen Offenbarungsschriften, der Tora und das Evangelium, und um einfache Darlegungen weltlichen Wissens, wie die Entwicklungsbiologie des Menschen, in einfachsten Worten und für jeden Menschen verständlich. Die Sprache des Quran ist die Reimprosa. Man nennt sie Sadsch.

Nach dem Tode Muhammads, Friede und Segen auf ihn, wurde Abu Bakr von den Auswanderern und Helfern nach kurzer Beratungszeit als Kalif gewählt.
In seiner Amtszeit kam es in den Yamama-Kriegen dazu, dass viele Muslime starben, die den Quran komplett auswendig kannten. Das Wort Quran bedeutet "Rezitation bzw. Lesung". Aus diesem Grund ließ Abu Bakr alle losen Schriftstücke zusammentragen und beauftragte Zaid Ibn Thabit, die Blätter zu einem losen Blattwerk zusammen zu tragen (arab. Suhuf), wobei zwei Muslime als Zeugen dabei sein mussten, als Bestätigung, dass Muhammad, Friede und Segen auf ihn, diese Offenbarung tatsächlich erhielt.
Nach dem Tode Abu Bakrs gab man die Schriftstücke weiter an Umar, danach kamen sie zu seiner Tochter Hafsa. Unter Uthman Ibn Affan wurde schließlich die heutige Quranfassung erstellt, der "Mushaf Uthman" (Koranbuch von Uthman). Uthman stellte alle losen Blätter zu einer Abschrift im gebundenen Buch zusammen und schickte sie in die wichtigsten islamischen Gebiete, um sie durch andere Materialien ersetzen zu lassen. Der "Mushaf

Uthman" kam so nach Kufa, Basra, Damaskus, Mekka und Medina. Alle anderen privaten Schriften wurden vernichtet. So hat Allah Sein Buch bewahrt.

Abu Bakr war der einzige Kalif, der eines natürlichen Todes starb. Umar, Uthman und Ali wurden ermordet.

Die Chronologie

(Die mekkanische Zeit)

570 n.Chr.

575 n.Chr.

576 n.Chr.

578 n.Chr.

582 n.Chr.

595 n.Chr.

605 n.Chr.

610 n.Chr.

Quran____:___-___

613 n.Chr.

615 n.Chr.

616-619 n.Chr.

619 n.Chr.

622 n.Chr.

Die Chronologie

(Die medinensische Zeit)

622 n.Chr.

_____

_____

_____

_____

_____

_____

_____

624 n.Chr.

_____

_____

_____

_____

625 n.Chr.

627 n.Chr.

628 n.Chr.

629 n.Chr.

630 n.Chr.

632 n.Chr.

Quran___;___

_____

_____

_____

_____

_____

Quellennachweis

Muhammad

Prophet der Barmherzgkeit

von Muhammad Ibn Ahmad Ibn Rasoul

ISBN 3-8217-0197-8

Ulum Al-Quran

Einführung in die Quranwissenschaften

Ahmed von Denffer

Übersetzung der Orginalausgabe

ISBN 89037 2480

Der edle Qur`an

Scheich Abdullah as-Samit Frank Bubenheim

www.islam-pedia.de

Der Vertrag von Medina

www.ansary.de/Islam/ChartaMedina.html